리옹,
예술이 흐르는 도시

리옹, 예술이 흐르는 도시

초판 1쇄 발행 • 2013년 9월 30일
초판 3쇄 발행 • 2014년 4월 21일

글쓴이 • 구지원
펴낸이 • 황규관
편집 • 엄기수 김은경

펴낸곳 • 도서출판 삶창
출판등록 • 2010년 11월 30일 제2010-000168호
주소 • 121-838 서울시 마포구 서교동 355-22 우암빌딩 4층
전화 • 02-848-3097 팩스 • 02-848-3094
홈페이지 • www.samchang.or.kr

디자인 • 이영아
제작 • 스크린그래픽 031-945-4366

ⓒ 구지원, 2013
ISBN 978-89-6655-031-9 03810

이 도서의 국립중앙도서관 출판시도서목록(CIP)은 서지정보유통지원시스템 홈페이지
(http://seoji.nl.go.kr)와 국가자료공동목록시스템(http://www.nl.go.kr/kolisnet)에서
이용하실 수 있습니다.(CIP제어번호 : CIP2013018860)

리옹,
예술이 흐르는 도시

Lyon, La ville où coule l'art

| 구지원 지음 |

삶창

리옹에 들어서며

떠오르는 태양을 보기 위해 길을 나섰다. 녹지 않은 눈이 땅에 바짝 달라붙어 있었다. 노트르담 드 푸르비에르(Notre-Dame de Furvière, 이하 푸르비에르) 대성당 전망대를 향해 조심조심 발을 옮겼다. 미끄러운 빙판 위를 걸을 때마다 나는 신발 소리가 새벽의 정적을 깨웠다. 볼을 스치는 찬바람이 상쾌했다. 항상 북적이던 전망대가 침묵 속에 잠들어 있었다. 한 사람도 보이지 않았다.

도심 속 불빛만이 깨어 있는, 리옹은 고요했다. 저 멀리 도시 끄트머리에서 붉은빛이 감돌기 시작했다. 태양이 고개를 내밀었음이 분명한데 구름 속에 숨어 좀처럼 얼굴을 보여주지 않았다. 이윽고 구름이 걷혀 어둠이 밝음으로 변하는 순간, 난 신비로운 여명을 보았다.

바로 그때, 푸르비에르 대성당에서 종이 울렸다. 차가운 공기를 뚫고 지나가는 투명한 종소리는 마치 천상의 소리 같았다. 볼을 스치는 바람이 떨고 있었다. 이 순간을 위해 세상 모든 것이 숨을 죽이는 듯했다. 생장(Saint-Jean), 생조르주(Saint-Georges), 생니지에(Saint-Nizier), 생마르탱(Saint-Martin d'Ainay) 성당에서도 연이어 종이 울렸다. 전망대에 홀로 서서 리옹 전역에 울려 퍼지는 새벽 종소리를 듣는 기분이란 형언할 수 없을 정도로 매혹적이었다. 종이 한 번 울릴 때마다 푸른빛이 옅어졌고, 여기저기 크고 작은 종소리가 아침의 심장을 두드렸다. 불빛은 아스라이 멀어지고 종소리는 사라져갔다. 손가락의 움직임이 무뎌지고 발가락이 얼얼해졌지만 자리를 떠나지 않고 리옹 시내를 한참 바라보았다.

프랑스 남동부에 위치한 리옹은 파리에서 약 470킬로미터 떨어진 곳에 있다. 그 리옹의 중심에는 두 강이 유유히 흐른다. 나는 내가 서 있는 푸르비에르 언덕에서 그 두 강, 론(Rhône) 강과 손(Saône) 강을 굽어보았다. 리옹은 론 강과 손 강이 한 지점에서 만나 대서사시를 쓰는 도시다. 고대와 중세, 현대의 건축물을 한자리에서 볼 수 있는 역사적인 도시이기도 하다. 2000년 전의 고대 유적과 유물이 보존되어 있고, 500헥타르나 되는 중세 르네상스 시대의 건축물들이 유네스코에 등재되어 있다. 미래를 지향했던 20세기 건축가 토니 가르니에의 살아 있는 건축을 볼 수 있는 곳이며, 2002년까지 유럽에서 가장 큰 벽화였던 트롱프뢰유 '카뉘의

벽'을 볼 수 있는 창작의 도시다.

리옹은 물의 도시라 일컬어진다. 두 강이 시의 중심을 흐르는 데다, 이곳저곳에 분수대가 많기 때문이다. 조각가 바르톨디가 만든 테로 광장의 분수대는 바다를 향해 달리는 론 강을 상징하고, 코르들리에 광장에 있는 베르마르의 부조 작품 역시 론 강과 손 강을 의인화한 작품이며, 벨쿠르 광장의 루이 14세 동상 밑에도 두 강을 의인화한 조각품이 있다. 사람들은 물살이 거친 론 강을 충동적이고 화를 잘 내는 남자로, 흐름이 고요한 손 강을 부드러운 여자로 비유한다. 리옹의 프레스킬 지역을 따라 도시 곳곳에 서 있는 조각들에 얽힌 이야기를 들으며 의인화된 론 강과 손 강을 만나는 일은 분명 색다른 즐거움이다.

사람들은 리옹을 빛의 도시라 부른다. 해마다 수천 수백만 인파가 '빛의 축제'를 보기 위해 리옹을 찾는다. 원래 빛의 도시라는 말은 기원전 리옹을 지칭하던 이름인 루그두눔(Lugdunum)에서 시작되었다. 루그(Lug)는 '태양과 빛의 신'이라는 뜻을 가진 루구스(Lugus)에서 왔고 두눔(dunum)은 '언덕'이란 뜻을 가진 두노(duno)에서 유래된 말이다. 빛의 축제가 열리는 매년 12월 8일, 푸르비에르 언덕에서 내려다보는 리옹은 정말 아름답다.

또한 많은 사람들은 리옹을 비단의 도시로 기억한다. 15세기경 리옹은 이탈리아산 비단을 거래하는 중요한 교역 장소로, 부유한 상업 도시였다. 이후 프랑스의 섬유산업은 주목할 만한 산업으로 성장했다. 18세기에 이르러서는 주민의 절반 이상이 카뉘(Canut,

리옹의 견직물 공장 직공)일 정도였다. 리옹은 노동자를 위한 제일의 도시였다.

리옹은 세계적인 요리사 폴 보퀴즈를 비롯한 유명 요리사들이 많고 최고의 식재료를 구할 수 있는 요리의 도시다. 뤼미에르 형제의 영사기 발명으로 영화가 태어난 영화의 도시며, 출판업이 성행했던 책의 도시다. 리옹을 연고지로 한 축구팀 올랭피크 리옹이 있는 축구의 도시이기도 하다. 리옹에 사는 사람들은 무궁무진한 이야기를 가지고 있으며 리옹 역사에 대한 자긍심이 대단하다.

사람들이 왜 프랑스에 왔느냐고 물으면 "보들레르가 나를 불렀다"는 말이 튀어나왔다. 왜 리옹이냐고 물으면 『어린왕자』와 그 책의 작가 생텍쥐페리가 떠올랐다. 생텍쥐페리는 리옹에서 내가 유일하게 아는 사람이었다.

1년 동안 리옹에서 사람들을 찾아다녔다. 여러 세대에 걸쳐 전통을 이어가는 사람들, 마음을 나누며 함께 일하는 친구들, 꿈을 공유하며 더 큰 꿈을 꾸는 사람들, 함께 나이 들어가는 부부 등 많은 사람과 만났다. 세계로 뻗어나가 리옹을 알리는 사람들은 물론 거리의 문화를 이끌어가는 사람들까지 리옹 사람들은 저마다 다른 열정, 다른 이야기를 써 내려가고 있었다. 리옹에는 정말 많은 수식어가 붙지만, 나에게 리옹은 내가 사랑하는 사람들이 있는 도시, 나를 특별하게 생각하는 사람들이 사는 도시가 되었다.

"요즘도 네가 만나는 모든 것에 감동하며 지내니?"

"며칠 전, 레 콩타민 몽주아(Les Contamines Montjoie)에 갔었어. 너와 함께한 시간이 떠올랐어."

"너는 열정적인 사람이야! 열정은 우리를 앞으로 나아가게 한다는 걸 잊지 마."

"오늘 밤에는 많은 말을 하지 않을 거야. 다만 네 생각을 하고 있다는 것을 말하려고."

그들의 편지는 언제나 나를 들뜨게 했다.

"친구들이여! 당신들을 만날 때마다 심장이 떨렸어요. 당신들은 결코 시들지 않는 향기를 내게 주셨습니다. 내가 가졌던 모든 만남이 단지 언어로만 이루어진 것이 아니었다는 것을 아시죠? 진실함과 따뜻함, 그리고 별처럼 빛나는 꿈이 있었어요. 아름다운 침묵의 시선이 있었어요. 세상의 모든 것을 말로 다 표현한다는 것은 어려운 일이에요. 인간이 말로 표현되지 않는 것을 느낄 수 있다는 사실은 정말 다행이고요. 열정이란 이름으로 존재하는 당신들의 삶에 박수를 보냅니다."

이 책을 읽는 독자가 주인공들을 만나면서 내가 그랬던 것처럼 매일 감동하고 꿈꾸며 지낼 수 있길 바란다. 혹시 리옹에서 내 친구들을 만나 사진이라도 찍게 되면 나에게 보내줘도 고맙겠다.

책 기획에서부터 매 순간 '또 다른 나'로 함께 울고 웃고 감동하며 내 옆을 지켜준 정희 언니가 있어 행복하다. 글을 써나갈 수 있도록 끊임없이 용기를 북돋아 주고 버팀목이 되어준 영지 언니께 사랑한다고 말하고 싶다. 5개월 동안 카메라를 빌려준 대영이에게 고맙다. 방향을 잃었을 때 불 밝혀 길을 열어준 이시백 선생님과 따뜻한 가슴으로 좋은 책을 만들고 계신 '삶창' 식구들에게 진심으로 감사한다. 담당 편집자 넉분에 내내 신이 났다.

　세상에서 가장 사랑하는 나의 가족, 그리고 나의 어머니께 이 책을 바친다.

2013년 초가을

구지원

나의 스승, 베르나데트

책 읽어주는 할머니

"내가 태어난 리비에 달르몽(Rivier d'Allemont, 해발 1242미터)은 알프스 산에 있는 작은 마을이야. 50가구도 채 되지 않는 집들이 경사진 산처럼 비스듬하게 서 있었지. 어릴 때부터 나는 학교가 정말 좋았어. 아는 것을 나눌 수 있다는 게 기쁨이었거든. 호기심 많은 어른들은 내게 묻곤 했어. '너는 커서 뭐가 될 거니?', 그럼 나는 이렇게 대답했지. '나는 선생님이 될 거예요'."

40년 동안 교단에서 생물을 가르치던 도미니크 마리(Dominique Marie) 할머니는 은퇴 후 리옹에 있는 CPU(Coup de Pouce-Université)라는 크리스천 자원봉사 단체에서 외국인을 위해 불어를 가르친다. 나는 CPU를 찾은 외국인 중 한 명이었다.

처음 할머니와 마주앉은 날, 그녀는 가방에서 동화책 하나를 꺼내 읽어주었다. 짧은 글을 읽는 동안 할머니는 연기자가 되었다. 어머니가 아이에게 말을 하듯 할머니는 언어를 가르쳐주었다.

할머니 앞에서 내 눈은 자주 동그래졌다. 겨우 몇 마디의 말로 사람의 감정을 이해한다는 것은 어려운 일이다. 그런데 몇 마디의 말로도 서로를 이해할 수 있다는 것을 할머니를 통해 알았다. 어설프고 단순할 수밖에 없는 내 말이 그녀를 통해 다시 구사될 때 깜짝 놀랄 때가 많았다. 그녀가 사용하는 말은 내가 하고 싶은 말에 정확하게 닿아 있었다. 내 말들이 할머니를 만나 생생하게 살아났다.

마음을 주고받고 공감하고 나누면서 할머니는 내내 내 옆을 지켜주었다. 기쁘거나 상처받거나 실망스러운 순간이나 항상 곁에서 이야기를 들어주고 시를 읽어주었다. 때로는 동화보다 더 아름다운 할머니의 어린 시절을 이야기해주기도 했다.

할머니는 배우고자 하는 사람을 그냥 지나치지 못했다. 커다란 산처럼 듬직하게 앉아 학생들을 끌어안았다. 뿌리내리고자 하는 사람들의 대지였다. 울타리를 친 적이 없었고, 안에 가두려 하지 않았다. 씨가 한없이 뻗어나갈 수 있도록 언제나 문을 활짝 열어두었다. 잠시 앉았다 가면 그뿐인 사람이 많다는 걸 할머니는 모르지 않았다. 그럼에도 줄 수 있음에 감사해했다. 깊은 사랑으로 돌봐주면서도 많은 이들로 인해 아주 특별한 경험을 한다며 오히려 고맙다고 했다.

책 읽어주는 할머니 베르나데트(오른쪽)는 나의 지혜이자 스승이었다.

나의 지혜, 나의 스승

　　　　　　　　할머니를 만나는 횟수가 더해가면서 여러 분야
의 장인과 거리의 예술가들을 만났다. 리옹을 대표하는 사람과 세계적으로
이름난 사람도 알게 되었다. 믿기 어려운 결과였다. 사람들이 내게 베푸는
호의에 대해, 할머니 역시 나처럼 놀라워하며 "너는 행운아야"라고 말했다.
　그러던 어느 날, 할머니는 "내 이야기는 책에서 빼는 게 좋을 것 같아"라
고 말했다. "왜요"라고 묻지 않았다. 단호하게 그럴 수 없다고 말했다. 할머
니는 내게 샘물 같은 존재였다. 매 순간 나의 지혜였다. 그런데 어찌 내 앞에

강이 있다고 강만 보라 하는지……. 강이 처음부터 강일 수 있겠나. 한 방울의 물에서 시작하여 작은 냇물이 되었다가 폭포가 되기도 하고, 좁은 길을 휘돌아 가다가 평평한 곳에 호수처럼 머물기도 한다. 한 방울의 물에게 강은 쉽게 도달할 수 있는 곳이 아니다. 긴긴 항로 끝에 겨우 다다를 수 있는 곳이다.

할머니가 이야기에서 빠진다는 것은 상상할 수 없는 일이었다. 어찌 꿈에 크기가 있다고 할 것이며, 누가 그 크기를 감히 잴 수 있나. 누가 뭐래도 할머니는 가장 중요한 것을 사람들에게 가르쳐주고 있다고 나는 확신했다. 나누고 공유하는 것, 그리고 사랑하는 것. 그 어떤 것이 이 고귀함에 맞설 수 있는가. 많은 생각이 떠올랐지만 한마디만 했다. "할머니는 존재 자체가 다른 사람의 빛이에요. 저는 꼭 할머니 이야기를 하고 싶어요."

할머니의 방

검소한 생활이 몸에 밴 할머니의 방은 깨끗했다. 군더더기라고는 하나도 찾아볼 수 없었다. 책상, 소파, 책장이 있고 책장 뒤로는 침대, 의자, 작은 탁자 하나가 놓여 있었다. 그리고 탁자 위에 평생을 모아온 우표집 몇 권이 있었는데 70 평생을 살아온 할머니의 물건은 그게 다였다.

또한 할머니의 침대 커버는 하얀 레이스로 된 것이었다.

"할머니가 직접 만드신 거예요?"

내가 묻자 할머니는 "아니야. 어머니가 살아계실 때 짜신 거야"하며 어머니 마리아에 관한 이야기를 들려주었다.

"어머니는 자유롭고 독립적인 분이셨어. 호기심이 많았던 나는 어머니를 꼬리처럼 따라다녔지. 내 눈에는 모든 게 신기하고 새로웠어. 우유를 짤 때도, 씨 뿌리고 나물 캘 때도, 바느질하고 요리할 때도 내 자리는 어머니 옆이었어. 어느 날 소젖을 짜면서 나에게 "아~ 해봐" 그러시는 거야. 그러곤 우유를 내 입속으로 넣어주셨어. 따뜻한 우유가 혀에 닿는 순간 정말 경이로웠던 기억이 나. 가끔 내 우유가 얼굴에 범벅이 되기도 했는데 지금 생각해보면 어머니가 장난치느라 일부러 그러셨던 거 같아.

어머니가 가파른 절벽 아래 강물 흐르는 소리를 들으며 뜨개질 하시던 모습이 생생해. 햇빛이 넘쳐흐르는 집에 앉아 시를 읽던 모습도 잊을 수가 없어. 집안일 하고 밭일 하고 가축까지 돌봐야 했던 어머니는 시를 아주 좋아하셨거든. 아버지 도미니크는 우리들에게 말씀하시곤 했지. '너희들 엄마의 푸른 두 눈이 눈부시게 아름답지 않니?' 아버지는 혼잣말처럼 이 말을 자주 하셨고 어머니는 그때마다 수줍게 웃으셨어."

할머니는 자리에서 일어나 책장에서 오래된 노트 한 권을 꺼냈다.

"어머니가 50년 동안 썼던 일기장이야."

일기장은 빼곡하게 기록되어 있었다. 199쪽으로 된 노트 전체에서 겨우 일곱 쪽만을 남겨두고 그녀의 어머니 마리아는 세상을 떠났다. 마리아가 좋아했던 시들과 기억하고 싶어 했던 일상들을 들여다보았다. 한 권의 노트는 마리아의 삶을 고스란히 담아내기엔 턱없이 부족한 분량이지만, 할머니의 말에서 본 아름다운 풍경과 그 속에서 글을 쓰고 있는 마리아의 모습은 가슴

속에 잔잔한 파문을 일으켰다. 1995년 10월 1일, 아흔세 살의 마리아는 일기장에 이렇게 썼다. "192쪽의 기록이 나에게서 멀어져간다. 이것은 내 열정의 한 부분이었다." 한 사람의 아내로, 그리고 아이들의 엄마로 살아온 마리아의 삶에 마침표가 찍혀 있었다.

강을 거슬러 올라

"주말에 리비에 달르몽에 가지 않을래?"

모든 것은 때가 정해져 있는 것일까? 할머니가 10개월 전에 이렇게 말했다면 단순히 알프스 산에 가는 것에 대한 동경에 그쳤을 거다. 그러나 지금은 달랐다. 할머니를 꿈꾸게 했던 고향을 찾아가는 여행은 론 강이 흐르는 물줄기의 근원을 찾아가는 일이었다.

아침 일찍 할머니와 그르노블행 기차를 탔다. 차창 밖의 안개가 산 위에 걸터앉아 있었다. 아담한 성당들이 휙휙 지나갔다. 저 멀리서 소와 양 들이 풀을 뜯고 있었다. 안개를 비집고 나오는 햇빛에 세상이 온통 반짝거렸다. 그르노블에서 버스를 갈아탄 후 론 강을 지나 이제르(L'Isère) 강과 드라크(Le Drac) 강을 만났고, 드라크 강으로 뿌려지는 물줄기 로망슈(La Romanche) 강에 이르렀다가 로돌(L'eau d'olle)을 지났다. 셀 수 없이 많은 개울을 지나 할머니 고향에 도착했다. 차고에서 할머니 고향 집 대문을 들어서기까지 잔디와 야생화가 융단처럼 깔려 있었다. 걸음을 뗄 때마다 들꽃 향기가 코끝에와 닿았다. 향기롭기 그지없었다. 공기가 정말 맛있었다.

6월임에도 눈 쌓인 곳이 많았던
리비에 달르몽에는 여러 물줄기가 흘렀다.

은색이 살짝 감도는 백발의 마리 오딜(Marie Odile, 할머니의 올케)이 우리를 맞아주었다. 그녀의 가족들은 할머니를 '베르나데트(Bernadette)'라고 불렀다. 할머니를 만나는 순간부터 지금까지 내가 알고 있었던 도미니크 마리는 성당에서 부르는 이름이고 베르나데트는 할머니의 부모님께서 지어주신 이름이었다. 여기서부터는 할머니를 베르나데트라고 부르려 한다. 왜냐하면 알프스 산에서의 베르나데트는 지금까지 내가 본 할머니 모습과는 완전히 달랐기 때문이다. 베르나데트는 할머니가 아닌 초등학교를 다니는 소녀였다. 알프스 산에서 그녀의 시간은 초등학교에 멈춰 있었다.

이른 아침을 먹은 후 베르나데트와 산책을 했다. 마을은 예전에 그녀가 그림으로 설명해줬던 그대로였다. 베르나데트는 골목 하나하나 그냥 지나치지 않았다. 보고 또 보았다. 어디선가 풀벌레 소리가 나면, 손을 뻗으며 말했다.

"너 어디니?"

지금은 폐교가 된 초등학교에서 아이들의 노랫소리가 들리는 듯했다. 집 담장 군데군데에 달팽이가 붙어 있었다.

"여기에는 달팽이가 참 많네요."

"산에는 장난감이 많지 않아서 어릴 때 달팽이 경주하며 놀곤 했었어."

"달팽이 경주라고요?"

"각자 제일 마음에 드는 달팽이를 골라 와서 시합을 하는 거야."

"제가 본 달팽이는 꿈적도 하지 않던데 어떻게 그들을 움직일 수 있어요?"

"풀로 유인을 하면 달팽이가 조금씩 움직여."

산에서의 삶은 달팽이처럼 느리게 흐르나 보다. 달팽이 등껍데기 위에서 빛나고 느리게 움직이는 아침 이슬이, 그 나른함이 나를 감쌌다.

내가 본 리비에 달르몽에는 여러 물줄기가 흘렀다. 완만하게 흐르는 물줄기가 있는가 하면 거칠게 흘러가는 물줄기도 있었다. 그리고 6월임에도 눈 쌓인 곳이 많았다. 사방에서 나는 물소리가 호방하기 그지없었다. 하늘에서 바가지로 물을 붓는 듯 쏟아졌다.

"꼭대기에 올라가면 일곱 개의 호수가 있어."

"정말로? 직접 보셨어요?"

"물론이야, 어릴 때 본 것이기는 하지만……."

올라가 보자 조르고 싶었지만 1박 2일의 짧은 일정이었고 베르나데트가 사촌 동생네도 둘러봐야 한다는 것을 알았기 때문에 참았다. 하지만 상상만으로도 마음이 들떴다. 가장 높은 꼭대기에서 일곱 개의 호수가 일곱 개의 하늘을 담고 있다고 생각하니 가슴이 부풀어 올랐다. 호수는 각각의 이름을 가지고 있을까? 물론 크기는 다 다르겠지? 저 물은 흘러서 론 강을 흐르고 더 나아가 바다를 흐르겠지?

베르나데트의 사촌 동생 알린은 수선화가 끝없이 펼쳐져 있는 밭으로 우리를 안내했다. 처음 보는 광경에 입이 벌어졌다. 차를 타고 달리는데도 수선화 꽃밭이 끝 간 데 없이 이어져 있었다. 그냥 지나칠 수만은 없었다. 차에서 내린 베르나데트는 까맣게 잊고 있던 수선화 향기를 맡으며 황홀해했다.

"제비꽃이야!" 그녀가 외쳤다. 하얀 수선화 속에 보라색 제비꽃이 별처럼 박혀 있는 것을 보고 아이처럼 탄성을 내질렀다.

"제비꽃을 보면 아빠 생각이 나."

"왜요?"

"해마다 제비꽃 필 무렵이면 아빠와 함께 제비꽃 따러 다녔지. 아빠는 꽃을 말려뒀다가 겨울에 목이 아플 때 달여주곤 하셨어."

눈부신 햇빛 탓에 베르나데트의 눈은 수선화 꽃잎처럼 투명해졌다. 그녀는 어린 시절의 기억 속으로 빨려 들어갔다. 리비에 달르몽에서는 보이는 것, 잡히는 것 모두가 그녀의 추억덩어리이자 소중한 것이었다.

돌아오는 기차 안에서 할머니와 마주 앉았다. 기차의 탁자 위에 수선화와 제비꽃 몇 송이를 놓아두었다.

이별 위에 핀 수선화

사랑하는 나의 선생님 베르나데트

당신은 말합니다. 당신 없이도 제가 리옹에서 하고자 했던 일을 해냈을 거라고. 아니요, 결코 그렇지 않아요. 당신이 없었다면 저는 오늘을 상상할수 없어요. 당신은 사람들과 소통할 수 있도록 도와주었고, 힘들 때나 슬플 때나 언제나 제 옆에 있었어요. 당신을 향한 무한한 마음을 무엇으로 표현할 수 있을까요? 심장 가장 깊은 곳에 새겨진 소중한 시간들을, 이 모든 감정들을 어떻게 열거해야 하나요?

여기 리옹에서 당신은 저의 멋진 친구였고 삶을 나눈 스승이었습니다.

사랑해요! 할머니.

"오늘은 교정을 보지 않을 거야."

"다 이해되세요?"

"그럼, 너랑 보낸 시간이 얼만데……."

베르나데트는 "너를 보면 생각나는 책이 있어" 하시며 서점으로 나를 데리고 갔다. 『자드와 삶의 신비로운 비밀(Jade et les sacrés mystères de la vie)』이라는 책을 사서 벨쿠르 광장에 나란히 앉았다. 그녀는 "자드는 너처럼 호기심이 많은 아이야. 삶을 바라보는 시선이 따뜻하고 기발해" 하며 책을 읽어주었다. '이틀 후면 나는 한국에 있을 거다. 지금은 베르나데트가 나를 위해 책을 읽어주는 마지막 순간이다. 누가 나를 위해 이렇게 책을 읽어주었나? 누가 나와 함께 이렇게 깊은 공감으로 시간을 나누었나? 누가 나에게 이렇게 특별한 스승이었나?' 이런 생각을 하니 가슴이 뭉클해져서 눈물이 와락 쏟아져 내렸다. '아, 이제 할머니와 이별이구나.' 베르나데트는 펜을 꺼내 책 첫머리에 글을 썼다.

"이 글은 나중에 읽을게요."

"그래, 그렇게 해. 이제 갈까……."

베르나데트는 나와 포옹을 하고 서둘러 길을 재촉했다. 눈물이 멈추지 않던 내 눈은 베르나데트가 보이지 않을 때까지 그녀의 걸음을 쫓아갔고, 베르나데트는 자꾸만 되돌아보며 손을 흔들었다. 두 볼을 타고 내리는 눈물 때문에 한참을 그 자리에 서 있어야 했다.

리옹 벨쿠르 광장에 햇살이 가득하고 우리의 마음에는 기쁨이 충만하구나. 너와 나의 만남은 나눔에서부터 시작되었고 또 나누는 것이었어. 우리는 단지 비행기 열두 시간의 거리에 있는 것뿐이야. 그렇지만 많이 그리울 거야. 지원아! 네가 준비하는 책이 잘 써지길 바랄게. 이 작업은 너와 나에게 아름다운 모험이었어. 고마워!

알프스 산에서 함께 보았던 하얀 수선화밭과 제비꽃 향기를 잊지 마. 수 많은 감정들과 네가 가진 섬세함에 감사해.

도미니크 마리 그리고 너에게는 또한 베르나데트

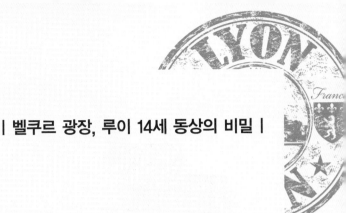

| 벨쿠르 광장, 루이 14세 동상의 비밀 |

　리옹의 벨쿠르 광장(Place Bellecour)은 파리 콩코드 광장과 보르도 퀸콩스 광장에 이어 프랑스에서 세 번째로 큰 광장으로, 리옹 2지구 프레스킬 지역에 위치해 있다. 지하철 A·D선을 비롯해 많은 버스 노선이 있으며 리옹에서 사람들이 가장 많이 드나드는 곳이다. 이곳에선 세계 문화를 한자리에 모아 축제를 벌이기도 하고, 때때로 리옹의 축구팀 올랭피크 리옹을 응원하는 군중이 광장을 메우기도 한다. 그러나 이 광장은 비어 있음으로 많은 것이 채워지는 곳이다. 여백으로 남아 있을 때가 더 많다.

　벨쿠르 광장에는 론 강과 손 강을 의인화한 조각품이 있다. 1720년에 기욤 쿠스투(Guillaume Coustou)와 니콜라 쿠스투(Nicolas Coustou) 형제가 각각 론 강과 손 강을 조각한 것이다. 조각품에서 남성은 론 강을 여성은 손 강을 상징하는데, 광장에서 가장 눈에 잘 띄는 루이 14세 동상 앞뒤에 자리하고 있다.

　루이 14세 동상에는 숨겨진 비밀 하나가 있다. 이 동상은 1715년 조각가 마르탱 데자르댕(Martin Des Jardins)에 의해 만들어졌으나 프랑스 대혁명 때 파괴되고, 1825년 조각가 프랑수와 프레데릭 레모(François Frédéric Lemot)에 의해 다시 조각되었다.

　'짐은 곧 국가다'라는 슬로건을 내세우고 자신을 태양에 비유하면서 백성들에게 절대적인 복종을 요구했던 루이 14세의 모습은 위엄 있고 늠름한 기상을 뽐내며 광장에

1715년에 만들어진 루이 14세 동상은 프랑스 대혁명 때 파괴되었다가,
1825년 리옹의 조각가 프랑수와 프레데릭 레모에 의해 다시 조각되었다.

리옹, 예술이 흐르는 도시 • 프롤로그

설치되었다.

그런데 이게 웬일인가? 말을 타고 앉아 위상을 과시하고 있는데 두 발을 디디는 등자가 없다. 문제의 비밀은 바로 이것이다. 조각가 프랑수아 프레데릭 레모가 동상의 등자를 실수로 조각하지 않은 것이다. 당시 군주의 초상화와 조각은 제왕의 위엄과 지혜를 극적으로 표현함으로써 백성들에게 충성심이 우러나오게 묘사하는 것이 전통이었다. 그러니 등자 없이 말을 타고 있는 모습은 찬미의 대상인 동시에 두려움의 대상이었던 루이 14세를 상징하는 데 있어 치명적인 사건이 아닐 수 없었다. 사실을 알고 보니 말에 앉아 있는 루이 14세의 모습이 위태로워 보인다고 말하는 이도 있다.

동상의 등자를 깜빡한 프랑수와 프레데릭 레모는 2년 후에 생을 마감했는데, 그가 그 씻을 수 없는 실수를 비관하여 스스로 목숨을 끊었다는 설이 전해진다.

예술에 취한 시간

"요즘도 만나는 모든 것에 감동하며 지내나요?
지금 상황이 어려울지라도 당신은 여전히 삶 속에서
감동하며 지낼 거란 걸 잘 알아요. 오헬은 테로 광장을 지나갈 때마다
건물 위에서 거꾸로 돌아가던 시계 이야기를 해요.
나도 가끔 시계를 거꾸로 돌려 당신이 아틀리에에
문을 밀고 들어왔을 때를 떠올려요."

음악에 취한 두 연인,
클로드와 파스칼

과하거나 지나치지 않게,

마 논 트로포

        음반 가게 '마 논 트로포(Ma non Troppo, '과하거나 지나치지 않게'라는 뜻의 이탈리아어)'에 들어섰을 때 나를 맞은 건 파스칼의 부드럽고 편안한 미소였다.

  "음악이 좋아 들어왔는데 잠시 머물러도 될까요?"

  파스칼은 기꺼이 의자를 내어주었고 특별하게 듣고 싶은 곡이 있느냐고 물었다. 나는 바흐를 말했고, 그녀는 나를 위해 진열장에서 음반을 읽어 내려갔다. 그녀가 레코드판을 하나하나 꺼내가며 앨범을 찾고 있을 때 미묘한 감흥이 일었다. 턴테이블에 바흐의 피아노곡이 올라가는 순간, 감정은 격정

따뜻하고 포근한 '마 논 트로포'.

적으로 탈바꿈했다. 밖에서 내리던 눈발이 피아노 건반 위에 떨어졌다. 투명하고 차분한 소리에 노란색 간이 의자가 소파처럼 편안해지고 추위가 녹아내렸다.

턴테이블에 레코드판을 올려놓고 음악을 듣던 일은 20년이라는 세월을 거슬러 올라가야 기억해낼 수 있는 일이 되어버렸다. 케이스에서 꺼낸 레코드판을 조심스럽게 닦아내고 턴테이블에 올려놓은 후 바늘을 놓는 순간……. 바로 그 순간이 지금까지 내가 음악을 사랑할 수 있는 씨앗을 제공해줬다고 나는 확신한다. 바늘을 판 위에 올릴 때마다 숨을 멈추곤 했다. 판 하나를 사기 위해 용돈을 모았고 판을 사서 집으로 걸어오던 내내 그것을 끌어안고 행복해했다. 새 판을 살 때마다 다시 헤아리지 않아도 알 수 있는 레코드판 수를 매번 헤아려보곤 했다. 음악만큼이나 레코드판이 좋았다. 보고 있는 것만으로도 음악이 들리는 듯 착각에 빠지기도 했다. 레코드 가게를 매일같이 서성거렸다. 당시 내게 보물이었던 레코드판들을 지금까지 지키지 못한 것은 안타까운 일이어서, 어디선가 레코드판과 관련된 이야기를 듣기만 해도 아련함이 밀려왔다. 그러다 레코드판을 다시 만나는 날에는 사정없이 가슴이 뛰었다. 최근에는 진정한 애호가가 아닌 이상 전축을 소유하는 일이 드물어져 그런 날도 줄었다. 오래전 집에 전축이 들어오던 날, 그 이후 내가 가지게 된 그 어떤 소중한 물건도 그날의 가슴 벅참을 재현하진 못했다.

며칠째 눈이 내려 도시를 하얗게 덮었다. 프랑스 남동부에 위치한 리옹은 비교적 따뜻해 눈 내리는 일이 드물다. 그런데 예년과 달리 올해는 유독 짓궂은 날씨가 계속되었다. 음악에 이끌려 들어선 '마 논 트로포', 그곳은 봄이었다. 따뜻하고 포근했다.

카시 강이 숨어 흐르네

"음악은 아이를 안고 있는 엄마의 두 팔과 같아요."
파스칼과의 대화가 무르익어갈 즈음 클로드가 눈을 털어내며 들어왔다.
클로드는 예전엔 기타를 가르치는 선생님이었고 지금은 음반 가게를 운영
하는 할아버지다. 그는 시를 전공했다는 내 말에 선뜻 랭보의 시가 담긴 레
코드판을 꺼냈다. 빛바랜 케이스는 다 닳아 있었다. 얼마나 많은 회에 걸쳐
턴테이블에 올렸는지 상상케 했다. 시가 온 방을 휘감았다. 파스칼이 일으
킨 소용돌이가 채 가라앉기도 전에 또 한 번의 감동이 몰아쳤다.

카시 강이 숨어 흐르네
        기이한 계곡에서
까마귀 노래 강 따라 흐르네
        진실하고 선량한 천사의 목소리로
전나무의 거대한 동요가 함께라네
        바람이 뛰어들 때마다

모든 것은 흐르네. 어긋난 신비와 더불어
        아득한 시간 속의 평야로부터 (……)
–랭보(Arthur Rimbaud)의 시 「카시 강(La Rivière de Cassis)」 부분

'기이한 분위기 마 논 트로포에 들었네/ 천사의 목소리로 음악이 흘러넘

클로드는 누가 어디에서 연주를 하고 어떤 스토리를 가지고 있는지에 대한 기록을 즐겼다.

치네/ 음악이 바뀔 때마다 내 마음의 동요가 이네/ 아득한 평야로 걸어가 시
간을 잃어버렸네/ 현재와 어긋난 시간 안에 모든 것이 흐르네'

랭보의 시를 내 마음 가는 대로 바꿔 읽었다. 낮과 함께 걸어 들어와 음악
으로 시간을 내려두고 어둠을 맞았다. 눈이 그쳤다.

내 사랑 파스칼

"잔이 너무 예뻐요."

"그건 파스칼의 잔이고 이건 내 거예요. 미안하지만 당신 커피는 이 컵에 줄게요."

클로드는 정말 미안해했다.

"괜찮아요. 이 컵도 예쁜걸요."

노부부는 지금 막 사랑을 시작한 연인 같았다.

"두 분은 어떻게 만나셨어요?"

파스칼이 미소를 지으며 대답했다.

"클로드는 4층에, 나는 1층에 살았어요. 내가 한창 브람스 곡을 연습하고 있을 때예요. 클로드는 계단을 오가며 매일같이 내가 연주하는 피아노 소리를 들었어요. 불행하게도 나는 피아노를 그렇게 잘 치는 편이 아니었죠. 예민한 귀를 가진 클로드에게는 아마 힘든 일이었을 거예요. 복도에서 우연히 마주쳤을 때 클로드가 물었어요. '브람스를 좋아하시나요?', '당신은 지금 나의 본질에 대한 질문을 하고 있는 거예요.', '내게 브람스 음반이 있어요.' 만남은 이렇게 시작되었어요. 클로드는 정말 많은 음반을 가지고 있었어요."

음악을 좋아하는 클로드는 음악처럼 프러포즈를 했고, 음악을 좋아하는 파스칼은 음악이 있어 그 프러포즈를 받아들였다. 그때 그 많던 음반은 마논 트로포에 전시되었다. 브람스 음반은 파스칼 책상 위에 놓여 있었다.

"지금도 피아노를 치세요?"

"네. 클로드가 기타를 치고 내가 피아노 칠 때, 클로드는 언제나 이런 말을 해요."

파스칼은 말을 꺼내놓기만 하고 클로드 얼굴을 쳐다보았다.

"무슨 말이요?"

나의 재촉에 클로드가 말을 이었다.

"당신 피아노 소리는 언제 들어도 좋아!"

클로드는 파스칼이 어설프게 치는 피아노 소리도 아름다웠다고 진심을 다해 말했다. 부부는 사랑을 주고 또 줘도 모자란 듯 보였다.

매일 음악을 들으며 클로드의 손은 음악을 써 내려갔다. 고객이 원할 때 레코드판을 바로 찾아주기 위해 정보를 적어두는 것이라 말했다. 그는 누가 어디에서 어떻게 연주를 하고 어떤 스토리를 가지고 있는지까지 상세하게 기록했다. 셀 수 없는 음악가, 지휘자, 제작자 그리고 음반사의 이름이 그의 노트에 쓰였다. 클로드는 흘러나오는 음악에 관한 에피소드를 하나하나 빠짐없이 들려주었다. 새로운 이야기와 기발한 디자인을 가진 앨범을 만나면 어김없이 파스칼을 불러 글을 읽게 하고, 디자인을 보여주었다. 이들 부부는 음악 이외의 다른 대화는 하지 않을 것 같았다. 마 논 트로포에서는 나누는 이야기도, 커피 따르는 소리도 음악이 되었다. 소리 없이 전해지는 따뜻한 찻잔의 열기까지 음악이 되었다. 시시콜콜한 말로 하루를 시작하고 커플 머그잔에 커피를 마시고, 나른한 오후에는 손을 잡고 함께 강변을 산책하는 부부. 그들은 빵집에 들러 바게트를 살 때도, 주말에 장 보러 나갈 때도 늘 함께였다. 싱싱한 파가 삐죽 나온 장바구니를 들고 있는 클로드가 파스칼과 나란히 집으로 들어가는 모습은 정말 아름다웠다.

보들레르의
아름다운 배

　　　　　　　오랜만에 마 논 트로포를 찾았다. 며칠 전부터 클로드는 나를 기다렸던 모양이다. 내가 도착하자마자 흘러나오는 음악을 멈추고 CD를 틀었다. 클로드에게 듣고 있던 음악을 멈추는 일은 드문 일이었다. 특별한 경우를 제외하고 흐르고 있는 곡을 멈추는 일은 거의 없었다. 각종 음반과 턴테이블을 아끼는 그의 마음 덕분이었다. 처음 이곳에 왔을 때 그는 랭보의 시가 담긴 음반을 들려주었는데, 이때 내가 보들레르 시를 좋아한다는 말을 하니 그는 보들레르 음반이 없다며 아쉬워했다. 많고 많은 대화 중에 스쳐 지나가는 말이었을 뿐이다. 그런데 클로드는 그것을 기억하고 있었나 보다.

　그가 튼 건 보들레르의 시 스물두 편이 가사로 담긴 음악 CD였다. 노래로 듣는 보들레르의 시는 사랑스러웠다. 의외였다. 어둠과 죽음에 관한 시어들에 집중해서 읽었던 보들레르 시와는 사뭇 다른 느낌이었다. 뮤지션들은 시를 아름답게 해석하고 있었다. 어쩌면 번역본이 아닌 원문으로 시를 접하는 기쁨이 한몫했을지도 모르겠다. 보들레르 시를 원문으로 읽고 싶어서 불어를 시작했던 나에게 이 순간은 형언할 수 없는 감동이었다. 험난한 항해를 마치고 돌아온 배가 잔잔한 물결 위에 닻을 내리는 순간처럼 달콤하고 평화로웠다.

　보들레르가 지향했던 이상향을 한 사공이 노래하고, 그 노래는 내 귓전과 마음으로 여과 없이 전해졌다. 시는 음악이고 음악은 시다. 보들레르는 시에서, 자유로운 사람은 언제나 바다를 사랑한다고 말했다. 그에 따르면 "아무도 인간 심연의 깊이를 헤아리지 못하고 그 누구도 바다의 은밀한 보물을 알 길이 없다"(「인간과 바다(L'homme et La mer)」). 그렇게 헤아릴 길 없는 "바다처럼 음악은 자주 나를 사로잡는다"(「음악(La musique)」)라고 보들레르는 노래했다. 클로드는 바다와 음악이 미지의 세계이고 깊이를 알 수 없는 세계라는 점에서 닮아 있다고 말했다. 자꾸 빠져들게 하는 심오함을 지니고 있다고도 했다.

네게 들려주고 싶다. (……)
　　네 아름다움 네게 그려 보이고 싶다.

치맛자락 펄럭이며 갈 때,
너는 바다로 떠나는 아름다운 배,
　　돛 달고 떠간다,
감미롭고 나른하고 느린 리듬을 타고.
(……)
위풍당당한 아이, 너는 네 길을 간다.
－보들레르(Charles Baudelaire)의 시 「아름다운 배(Le Beau Navire)」 부분

노래를 따라 CD 속지에 적혀 있는 시를 눈으로 읽어 내려갔다. 모르는 단어는 클로드가 해석해주었다. 보들레르 시를 음미할 때마다 나는 지금 이 순간의 감흥을 떠올렸다. 클로드에게 고마움을 표현하자, 그는 싱긋 웃으며

한 배를 탄 두 사람은 감미롭고 나른하고 느린 리듬의 돛을 달고 살았다.

말했다.

"올 때마다 파스칼을 예쁘게 찍어줘서 고마워요."

파스칼에 대한 클로드의 사랑은 정말 각별했다. 한 배를 탄 두 사람은 "감미롭고 나른하고 느린 리듬"의 돛을 달고 살았다. 클로드는 언제 어디서나 파스칼의 아름다움을 그려 보이고 싶어 했다. 그 마음으로 사랑하며 살았다.

분홍 손수건

"파스칼과 리옹 오케스트라 공연을 보러 갈 거예요. 같이 갈래요?"

음악공연장 '오디토리움(Auditorium)'에서 리옹 오케스트라를 만나는 일이 음악을 좋아하는 내게 특별한 추억이 될 거라고 생각한 클로드의 제안이었다. 하지만 공연 날짜는 내가 뮌헨에 가기로 한 날짜와 겹쳐 있었다. 애석하게도 난 초대에 응하지 못했다.

"한국으로 돌아가기 전에 우리 집에서 함께 식사해요."

클로드는 일전에 내게 이렇게 말했었다. 하지만 난 이것저것 마무리하느라 두 달이 지나서야 마 논 트로포를 찾을 수 있었다. 문을 열고 들어섰을 때 클로드를 보고 깜짝 놀랐다. 살이 너무 많이 빠져 있었다. 이가 아파서 음식을 잘 먹지 못한다고 했다. 파스칼은 내가 사 들고 간 초콜릿 케이크를 보자 "나 혼자 먹어야겠네요" 하며 안타까워했다. 아픈 클로드를 보니 일전의 식사 초대에 응하지 못했던 것이 자꾸 마음에 걸렸다.

클로드는 말하는 것도 힘들어 보였다. 하지만 그의 일상은 변함이 없었다. 아쉽지만 파스칼과 둘이서 레스토랑으로 갔다.

"함께하지 못해서 미안해요."

클로드는 파스칼에게 즐거운 시간 보내고 오라는 눈빛을 보냈다. 마음이 울적했지만 내색하지 않았다. 파스칼은 변함없이 천진스럽게 웃고 있었다.

햇빛이 내리쬐는 거리를 걸었다. 우리는 여느 때와 마찬가지로 일상적인 이야기를 나누었다. 그러다 클로드 이야기가 나왔다. 갑자기 파스칼 눈에서 눈물이 뚝 떨어졌다. 클로드 앞에서는 밝게 웃던 그녀가 아픈 그를 보는 게 얼마나 힘들었을지 상상이 되었다. 나는 아무 말 없이 분홍 손수건을 내밀었다. 잘 먹지 못하는 클로드를 남겨두고 밥을 먹으러 온 것이 너무 미안했다. 그녀가 손수건을 되돌려주려 했지만 받지 않았다. 앞으로도 이 손수건이 내가 옆에 있는 것처럼 그녀의 눈물을 닦아주기를 바랐다. 이것이 마지막 모습이었다.

몇 개월 후 클로드가 건강을 되찾았다는 파스칼의 편지를 받았다. 정말 기뻤다.

오늘 클로드가 나를 위해 기타를 연주해줬어요. 우리는 햇빛이 반짝거리는 손 강을 함께 걸었어요.

파스칼의 웃음소리가 귓가에 들렸다. 이제야 두 사람이 타고 있는 아름다운 배에서 내릴 수 있겠다.

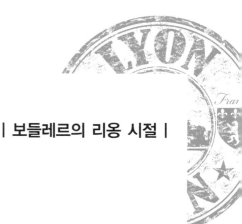

| 보들레르의 리옹 시절 |

1828년 11월 보들레르의 어머니 카롤린은 오픽 소령과 재혼을 했다. 이때 보들레르는 일곱 살이었다. 명예를 중시하고 엄격한 성품을 지닌 오픽은 카롤린과 보들레르에게 정성을 다하는 아버지였다. 보들레르가 열한 살이 되던 1832년, 오픽은 노동자들의 폭동에 대비하기 위해 리옹에 부임하게 되었다. 보들레르의 리옹 생활이 시작된 것이다.

당시 리옹의 '카뉘'들은 하루 열여덟 시간 고된 일을 하는 열악한 조건 속에 살았다. 가난한 노동자들은 늘 헐벗었다. 비단 짜는 일이 활발하게 성행하여 부유한 도시로 성장했음에도 그들의 생활은 변함없이 비참했다.

1825년 경제 위기로 환경은 더 악화되고 실업자는 늘어갔다. 권력자의 계속되는 착취에 분노한 노동자들은 1831년 삶의 조건과 존엄성을 지키기 위해 민중 봉기를 일으켰다. 그들의 반란은 프랑스 최초의 노동자 반란으로 기록되어 있다. "자유롭게 일하며 살거나 싸우면서 죽겠다"는 슬로건을 내세우고 노동자들은 리옹을 점거했다. 당시 왕이었던 루이 필리프는 폭동을 진압하기 위해서 2만 명의 군사와 150개의 포를 보내 강제 진압했다.

1832년 리옹에 부임한 오픽은 아들 보들레르를 리옹 왕립중학교에 입학시켰다. 왕립중학교는 엄격한 규율과 전통을 자랑하는 학교였다. 그리고 2차 민중 봉기가 일어났던 1834년, 부르주아 계급의 아들로 특별한 교육을 받고 있던 보들레르는 노동자들과 근위대의 고함 소리를 들어야 했다. 리옹에는 카뉘의 노래가 울려 퍼졌다.

"당신들을 위해 비단을 짜는 우리는 옷도 없는 가난한 카뉘예요. 우리 모두는 벌거벗었어요. 지상의 귀족, 당신들을 위해 비단옷을 만들지만 우리 가난한 직공들은 관을 덮는 천조차 없이 땅에 묻힙니다. 우리는 벌거벗은 카뉘예요."

카뉘에게 비단 짜는 일은 자신의 살을 깎아야 하는 일이었다. 카뉘 손에선 최고의 비단이 만들어졌지만 그들은 늘 굶주렸다. 게다가 수은과 같은 독에 늘 노출되어 있었다. 그들은 민중 봉기를 선택할 수밖에 없었다. 그리고 근위대는 그들의 폭동을 진압했다.

열한 살에서 열다섯 살에 이르기까지 소년 보들레르에게 리옹은 우울한 도시였다. 안개가 자욱하게 낀 우중충한 도시에서 보들레르는 암울하게 살아가는 노동자들과 그들을 진압하는 근위대를 여과 없이 지켜보았다. 이때부터 보들레르의 영혼은 모순 덩어리 안에서 끊임없이 자신의 존재를 찾게 되었다고 말하는 연구자도 있다.

1834년 4월 13일 저녁, 닷새 동안 계속되었던 폭동은 오픽의 지휘하에 진압되었다. 맹렬했던 거리의 전투가 끝이 났다. 같은 해 오픽은 폭동 진압의 공이 인정되어 레지옹 도뇌르(Légion d'honneur) 3등 수훈장을 받았다.

리옹의 전통 인형극, 기뇰

기뇰 공연장 '피셸'에 가다

리옹 하면 카뉘와 함께 빼놓을 수 없는 이야깃거리가 기뇰(Guignol)이다. 기뇰은 리옹을 대표하는 인형이다. 리옹을 걷다 보면 언제 어디서나 기뇰을 만날 수 있다. 보통 인형극을 마리오네트(Marionette)라 부르는데 리옹의 전통 인형극은 주인공의 이름을 따 '기뇰'이라 부른다.

단정하게 땋은 머리 위에 검은 모자를 쓰고 밤색 작업복에 나비넥타이를 매고 있는 기뇰을 처음 보았을 때, 어디에서 그의 매력을 찾아야 할지 알 수 없었다. 내가 보기에 기뇰은 평범했다. 그런데 왜 기뇰이 리옹을 대표하게 되었을까?

기뇰에 대한 정의는 무궁무진했다. "기뇰은 부당함과 불의에 대항하는 세계적인 악동이다", "정치 인사나 유명 인사를 풍자하고 비판하는 시대적 인물이고 프랑스 정신의 보물이다", 심지어 "기뇰은 신화다"라고 하는 등 기뇰에게는 일일이 열거하기 어려울 정도로 많은 수식어가 따라다닌다. 왜 이런 수식어가 붙게 되었을까? 기뇰 인형극은 어떤 특징 때문에 소멸하지 않고 여러 세대에 걸쳐 면면히 이어져 내려오는 걸까?

많은 궁금증을 안고 기뇰을 공연하는 '피셀(La Ficelle)' 공연장을 찾았다. 추위에 발을 동동거리며 서서 두 시간째 '마리오네티스트(Marionnettiste, 인형을 조종하는 사람)'를 기다렸다. 인터뷰 승낙을 받기 위해 기다리는 동안 정작 내 제안을 받아들여줄지에 대한 우려보다 '그들의 말을 못 알아들으면 어떻게 하나' 하는 언어에 대한 위축감이 더 컸다. 말이 미숙할지라도 마음만은 가닿기를 간절히 바랐고, 또 내가 그들의 말을 이해할 수 있기를 바랐다. 초조하게 기다리면서 떠올린 단 하나의 생각은 소통이었다.

마리오네티스트가 피셀에 도착하자마자 공연이 시작되었기 때문에 한 시간을 더 기다려야 했다. 공연이 끝난 후 세 명의 마리오네티스트와 마주 앉았다.

다니엘은 높은 억양의 목소리를 가지고 있었고 말이 빨랐다. 마치 연기하는 것처럼 들렸다. 나탈리 역시 무대에서처럼 말하고 행동했다. 다니엘 아버지의 권유로 열여덟 살부터 마리오네티스트가 된 뤼세트는 차분했다. 뤼세트는 다니엘의 아내였다. 피셀 공연장에는 세 사람의 마리오네티스트가 호흡을 맞추며 친구로, 가족으로, 기뇰 공연자로 지내고 있었다.

기뇰은 누구인가?

"기뇰은 로랑 무르게(Laurent Mourguet)에 의해 1808년 무렵 리옹에서 창작된 인형극이에요. 로랑 무르게는 1769년 리옹에서 태어났어요. 카뉘 집안이었지요. 그는 어려서부터 책 읽는 것을 좋아했고 일꾼들과 얘기하는 것을 즐겼답니다. 프랑스 대혁명이 일어났던 해의 겨울은 비참했고 전례에 없는 기근과 실업이 계속됐어요. 가족을 부양하기 위해 로랑 무르게는 무엇이든 닥치는 대로 일을 했어요. 1797년 그는 약을 팔기 위해 무료로 이 뽑아주는 일을 시작했는데, 뽑을 때의 고통스러운 소리를 감추기 위해 옆에서 북을 치게 했어요. 좋은 가격에 약을 팔기 위해 관객을 끌어모으고 인형극을 하기도 했는데, 이렇게 시작된 것이 기뇰 인형극이고 이 무대가 전통 공연장의 기원이에요."

천천히 시작되었던 다니엘의 말은 점점 빨라졌다. 그때마다 뤼세트가 나를 대신해서 남편에게 부탁했다.

"조금 천천히 말해주세요."

"기뇰 공연은 대본도 없이 즉흥적으로 이루어졌어요. 기뇰은 당시 제 목소리를 내기 어려운 시대상을 웃음, 해학, 풍자로 풀어내어 사람들의 마음을 후련하게 해줬어요. 기뇰은 빈곤하고 참담한 시대를 사는 사람들에 의해 만들어진 영웅적 인물인 셈이에요. 그러나 그들이 만들어낸 영웅은 정치가도 부자도 유명 인사도 아닌 그들과 함께 섬유를 짜던 방직공이었죠. 구두 수선공이었고, 노동자였어요. 기뇰은 일상에서 함께 호흡하는 동료였고, 현실을 함께 고민하고 헤쳐나가는 친구였어요. 어려운 상황이 닥쳐도 꿋꿋하게

리옹을 대표하는 문화유산인 기뇰 인형극.

문제를 해결해나가는 적극적인 인물이자 모험적인 인물이에요. 불의를 보
고 그냥 넘어가지 않는 정의로운 인물이요, 따뜻한 가장의 모습을 지닌 평범
한 아버지예요. 기뇰은 사회에 팽배해 있는 문제점을 꼭 집어 날카롭게 비
판하는 것은 물론이고, 행동하지 않고 불평을 늘어놓는 사람에게도 일침을
가해왔어요. 농담과 익살의 밑바탕에 깔려 있는 호통 소리가 결코 약하지
않음은 누구나 알 수 있었어요."

　"다니엘, 당신은 왜 마리오네티스트가 되셨나요?"

"나의 할아버지는 나무로 기뇰 인형을 조각하는 분이셨어요. 아버지는 평생 공연장에서 기뇰로 사셨고요. 기뇰이 있는 곳은 어디나 나의 놀이터였어요."

"몇 살부터 공연에 참여하셨어요?"

"여덟 살 때부터."

"열여덟 살이요?"

"아니, 여덟 살."

"여덟 살부터요? 그게 가능해요?"

"높은 무대에 키 작은 내 손이 닿게 하려고 어른이 나를 끌어안았어요. 기뇰 인형극은 나에게 재미있는 놀이였어요."

"기뇰이 지금까지 많은 사람들의 사랑을 받을 수 있는 저력은 어디에 있을까요?"

"문화유산."

내 말이 떨어지자마자 거리낌 없이 나온 대답이었다.

"문화유산이요?"

의외였다. 당연히 '기뇰이 가지고 있는 정신이나 웃음과 해학 때문'이라는 대답이 나올 것이라 생각했다. 그런데 그는 '전통문화유산'이기 때문이라고 했다.

"기뇰이 200년 넘도록 생명력을 유지할 수 있었던 것은 물론 그의 건강한 정신 때문이에요. 사람들은 지금도 기뇰의 정의로움에 박수를 보내고 통쾌해해요. 기뇰을 보러 오는 관람객들과 리옹 사람들의 마음 깊은 곳에서 기뇰은 꼭두각시 인형이 아닌 살아 있는 인물이지요. 기뇰은 옳지 않은 일에 대항하고 비판적인 목소리를 내는 리옹의 정신, 더 나아가 프랑스의 정신이 깃든 '문화' 예요."

자신의 이름으로 살아가기보다 무대 뒤에서 인형 기뇰로 살아온 다니엘은 목소리에 힘을 주며 말했다.

"기뇰은 우리가 본보기로 삼아야 하는 현실적이고 건강한 인물이에요."

다니엘은 인형극의 우화적이고 드라마틱한 이야기를 통해 관람객들에게 웃음과 재미를 줄 뿐 아니라, 기뇰의 정신을 전달하는 데 기꺼이 자신의 삶을 불태우고 있었다.

기뇰 공연을 눈으로 한 번 봤다고 해서, 기뇰로 살아온 다니엘에게 기뇰 이야기를 들었다고 해서, 기뇰의 정신을 안다고 감히 말하기 어려웠다. 기뇰이 누구인지 더 깊이 알고 싶었다.

"다시 와도 될까요?"

"언제든지 좋아요. 당신을 위해 한 번은 무대 앞에, 또 한 번은 무대 뒤에 자리 하나를 비워둘게요."

다니엘은 내가 '무대 뒤에서' 공연 중인 마리오네티스트와 호흡하며, 실제 공연 현장을 사진에 담을 수 있는 행운을 갖게 되었다고 말하고 있었다. 이방인에게 거리낌 없이 자리 하나를 내어주는 그 넉넉함은 어디에서 온 것일까?

"공연 도중에 누군가가 우리를 지켜보는 일은 아주 드문 일이에요. 아니, 거의 없었어요."

뤼세트가 한 말이었다. 그도 그럴 것이, 프랑스 사람은 누구나 기뇰을 안다. 만약 기뇰을 인터뷰한다고 할지라도 의사소통이 가능하여 짧은 시간에 모든 것이 끝날 것이며, 한 컷을 위해 한 시간 동안 무대 뒤에서 사진을 찍을 필요는 없을 것이다. 포즈를 취한 다니엘의 사진 몇 장으로 충분할 테니까…….

기뇰을 알고 싶어 한다는 단 하나의 이유로 기꺼이 의자를 내어주는 다니엘과 뤼세트, 나탈리 덕분에 나는 좀 더 가까이서 공연을 볼 수 있게 되었다.

기뇰의 모험

100명 남짓 앉을 수 있는 피셀 공연장 제일 뒤에 자리를 잡았다. 금방이라도 딴짓을 할 것 같은 개구쟁이들이 객석에 가득했다. 공연 시작 소리가 울리자 떠드는 소리가 멈췄다.

무대 위, 기뇰과 그의 친구 뉘아프홍(Gnafon)이 낡은 집에서 보물지도를 발견했다. 그들은 보물을 찾아 나서기 위해 짐을 꾸렸다. 이들의 모험을 알아차린 악당은 보물을 가로챌 계획을 세우고 기뇰을 미행했다. 험난한 상황 끝에 기뇰과 뉘아프홍은 보물 상자를 발견하게 되지만 악당의 술수에 넘어가 보물을 빼앗기고 말았다. 뉘아프홍이 "기뇰, 기뇰!" 하고 외치면 아이들도 그 이름을 목청껏 불렀다. "기뇰, 기뇰!" 뉘아프홍의 목소리는 기뇰을 찾기 위해 멀어져가고, 무대 위로 다시 올라온 기뇰은 관람 온 아이들에게 물었다.

"멜라닌, 날 불렀니? 라파엘, 날 찾았어?"

"악당이 보물을 훔쳐갔어요."

마리오네티스트는 무대 위에 드러나진 않지만 인형의 움직임에 시선을 집중시키는 숨은 주인공이었다.

깜짝 놀란 기뇰은 연신 질문을 퍼부었다. 아이들의 대답에 따라 즉흥적인 대화가 오갔다. 기뇰이 악당을 쫓을 때 아이들이 여기저기에서 악당의 행방을 일러주었다.

"왼쪽이에요. 왼쪽, 왼쪽으로 도망갔어요."

모든 아이들이 고함을 지르면서 기뇰 편에 섰다. 기뇰과 악당의 몸싸움이 벌어지고 악당은 기뇰의 몽둥이에 맞아 쓰러졌다. 기뇰이 돌아서는 순간 악당이 다시 움직였다. 아이들은 기뇰에게 위험이 닥칠세라 또 그의 이름을 불렀다.

"기뇰! 악당이 움직였어요."

한 아이의 목소리는 메아리처럼 다른 아이에게 전달되고 여기저기서 그 소리를 받았다.

"악당이 움직였어요. 그가 움직였어요."

마리오네티스트는 끊임없이 관객의 참여를 유도하면서 그들과 함께 악당을 물리쳤다. 그리고 마침내 보물을 되찾았다. 아이들은 기뇰과 하나가 되어 악당을 무찔렀다는 사실에 신바람이 난 모양이었다. 어깨를 으쓱으쓱하고 손뼉을 치며 기뇰의 주제곡을 따라 불렀다. 공연 내내 아이들은 진지했고 인형들의 행동에 눈을 떼지 못했다. 기뇰 공연에는 관객과 공연자가 따로 존재하지 않았다. 공연 내내 그들은 하나가 되어 악당을 물리쳤다. 불의에 맞서는 친구였고 동료였다.

다니엘을 비롯한 마리오네티스트의 말은 무지 빨랐다. '아이들은 그들의 말을 다 알아들었을까?' 다행히 어린이 공연이라 행동이 컸고 동물들이 많이 등장해 스토리를 이해하는 데 어려움은 없었다.

그러나 일전에 어른을 위한 공연을 봤을 때에는 안타깝게도 거의 이해하지 못했다. 마리오네티스트는 행동보다 말과 뉘앙스로 사람들을 웃겼기 때문이다. 기뇰의 유머를 들으면서 호방하게 웃는 사람들에 동화되어 함께 웃을 수 없다는 사실은 안타까웠다. 무대장치가 현란한 것도 아니고 인형의 표정을 읽을 수 있는 것도 아니었다. 오로지 연기자의 억양과 말, 그리고 그들의 손에 의해 움직이는 인형의 몸짓으로 공연 전체를 이해해야 했다.

손에서 살아나는
인형들

어린 관객들이 공연장에 들어서는 것을 보며 나는 무대 뒤로 갔다. 이번에는 무대 뒤에서 기뇰을 만날 예정이다. 아이들의 웅성거리는 소리가 커질수록 벽에 걸려 있는 인형들의 긴장감이 고조되었다. 공연에 참여하는 것도 아닌데 내 심장이 덩달아 쿵쾅거렸다.

다니엘이 나무 막대기로 문을 두드리며 공연 시작을 알리자 웅성거리던 아이들 소리가 사라졌다. 뤼세트는 조명을 켜고 무대의 막을 올렸다. 마리오네티스트의 손가락에서 인형들이 살아났다. 그들은 두 팔을 번쩍 들어 올리고 역할에 따라 여러 가지 목소리를 내며 극을 진행했다. 두 발은 연신 좁은 공간을 뛰어다녔다. 대화가 많을 때는 팔을 오랫동안 치켜들고 있어야 했다.

겨울인데도 세 사람의 이마에서는 땀이 흘러내렸다. 그러나 누구도 땀을 닦아내지 않았다. 아니, 땀이 흐르고 있다는 것을 인식하지 못하는 것 같았다. 그들은 무대 위에 드러나진 않지만 인형의 움직임에 시선을 집중시키는 숨은 주인공이었다.

변함없는 표정에서 성격을 창조해내야 하므로 연기자에게는 침묵의 시간이 허락되지 않았다. 거의 모든 음향을 세 사람의 목소리로 직접 만들어냈다. 말이 끊긴다는 것은 전체적인 흐름이 멈추는 일임을 나는 서서히 터득해갔고, 어느새 숨죽이며 지켜보던 나의 호흡은 장면에 녹아들어 있는 세 사람의 호흡과 뒤섞여갔다.

마이크 옆에는 오늘 찾아온 전 관객의 이름을 적은 노트가 있었다. 기뇰과 그의 친구들은 한 사람도 놓치지 않고 관객의 이름을 불렀다. 한 번 호명된 사람을 또 부르는 일도 없었다. 손가락 인형과 소품을 끊임없이 바꾸고 조명을 조절하고 무대장치를 변경하는 와중에도 그들은 호명된 사람의 이름을 체크해나갔다.

내가 관객석에 있을 때 다니엘은 한국에서 온 내 이름을 불러주었다. 기뇰에게 불린 이름이 도대체 몇 명이나 될까? 과연 셀 수 있는 숫자일까? 여행 온 각 나라 사람들 이름이 다 불렸을 것이다. 이름이 불렸던 아이가 지금은 할아버지가 되고 그 할아버지의 손을 잡고 손자가 기뇰을 찾고, 기뇰은 또 그 손자의 이름을 공연 한복판으로 끌어왔다.

과거와 현재,
미래를 흐르는 기뇰

공연이 끝난 후에는 무대 뒤에 있는 300여 개의 인형이 공개되었다. 아이들과 200여 년 전 만들어진 기뇰과 인사를 나누는 기회가 주어졌다. "기뇰은 어디에 있나요?"라고 물으며 들어오는 아이들의 눈망울은 호기심으로 가득 차 있었다. 공연 중에 보았던 악어와 원숭이의 행방을 궁금해하는 아이도 있었다.

다른 도시에서 찾아와 기뇰을 관람하게 된 사람을 위해 다니엘은 왼쪽 손에 기뇰을 끼고 열심히 기뇰에 관한 설명을 했다. 오른손 손가락에 여러 인형들을 바꿔가며 상황을 재현해 보이기까지 했다. 그는 시간을 잊어버린 듯했다. 벌써 한 시간이 훌쩍 지났다. 다니엘이 기뇰에 대한 이야기를 할 때 발산되는 에너지는 무대에서 표현되는 열정에 결코 뒤지지 않았다.

한번은 결혼할 때 하객들을 위해 기뇰 공연을 준비했다는 세실(Cecile)을 만났다. 2년 후 그녀는 남편, 딸 샤를로트(Charlotte)와 함께 다시 기뇰 공연장을 찾았다. 샤를로트는 기뇰을 안아주고 볼을 맞추며 인사하다가 악당으로 나온 인형을 보고 금방 울음을 터트렸다.

결혼식 행사로 기뇰을 기획한 이유를 물었을 때 세실의 대답은 간단했다. "기뇰은 리옹의 문화유산이기 때문이에요."

기뇰을 왜 좋아하느냐고 물었을 때 사람들은 한결같이 '문화', '유산', '전통'이라고 말했다. 문화가 존재한다는 것도 중요하지만 그것을 지키고 보존하고 찾는 사람이 있어야만 그 문화유산이 더 빛날 수 있다는 것을 새삼

다니엘은 공연 후에 쏟아지는 아이들의 질문에 성실하게 답변해주었다.

깨달았다.

　수많은 관객 중 가장 인상 깊었던 관객은 여섯 살 꼬마 루이였다. 기뇰을 너무 좋아해서 기뇰에 관련된 모든 것을 가지고 있다는 루이는 궁금한 게 많은 아이였다. 엄마와 아빠의 발은 이미 문 쪽을 향해 있는데, 루이는 기뇰 인형 옆에서 떠날 줄 모른 채 다니엘에게 계속해서 질문을 퍼부었다. 다니엘은 자신이 어렸을 때 루이 같았다며 웃었다. 그는 루이를 위해 기꺼이 광대가 되어주었다. "루이는 커서 마리오네티스트가 될 것 같아요"라는 내 말에 뤼세트도 나탈리도 동감했다.

　과거를 살았고 현재를 살고 있는 기뇰의 정신은 전통을 계승하는 사람들에 의해 미래에도 꺼지지 않을 것이다. 기뇰 인형극을 계승하는 데 일생을 바치고 열정을 쏟아온 그들의 삶은 아름다웠다.

| 가다뉴 박물관 |

　리옹 5지구 가다뉴 거리(Rue de Gadagne)에 위치한 가다뉴 박물관은 리옹의 대표적인 전시관으로 꼽히는 곳으로, 안으로 들어가면 리옹 역사 박물관과 세계 인형 박물관이 나란히 자리하고 있다.

　리옹 역사 박물관에는 로마 시대 갈리아의 수도였던 때부터 최근까지의 도시계획은 물론 정치, 경제, 사회, 문화까지 리옹의 역사가 총망라되어 있다. 르네상스 시대의 건물인 박물관 내부도 시선을 사로잡지만 무엇보다 리옹 역사에 대한 방대한 자료에 놀라게 된다. 8만 점의 다양한 작품을 함께 감상할 수 있고, 리옹의 과거 사진들을 보며 현재의 모습과 비교하는 재미가 있다. 리옹 역사 박물관은 시대를 뛰어넘는 공간이자 리옹 도시 탐험을 위한 출발점인 셈이다.

　세계 인형 박물관에는 전 세계 인형이 2000개 이상 진열되어 있고, 1만 개 이상의 장식, 인형극 무대, 의상, 소품, 포스터, 프로그램 및 원고들이 전시되어 있다. 이곳에서는 1808년 로랑 무르게의 기뇰과 기뇰 인형극에 같이 나오는 뉘아프홍, 마들롱 인형 등도 만날 수 있다. 맨 처음 제작된 기뇰과의 만남은 색다른 의미를 가진다.

　인형들은 저마다 고유한 이야기와 역사를 가지고 사람들을 기다린다. 프랑스 그림자 인형극도 흥미롭고, 방이 바뀔 때마다 유럽 인형, 아시아 인형을 만나는 재미도 크다.

　가장 인상 깊었던 인형은 루이 발데의 피에로(Pierrot)다. 루이 발데(Louis Valdès, 본명

Louis Auguste Petit)는 프랑스에서 가장 유명한 마리오네티스트 중 한 사람이었다. 박물관에는 손으로 조종하는 루이 발데의 피에로 인형이 전시되어 있고, 1964년에 공연된 〈피에로〉가 상영된다.

공연에서 피에로 인형은 '환하게 웃고 있는' 가면을 쓰고 경쾌하게 등장했다. 벤치에 앉은 피에로는 어깨를 들썩거리며 웃었다. 알비노니의 〈아다지오〉로 음악이 바뀌고, 피에로는 서서히 가면을 벗었다. 가면 뒤에 숨겨진 얼굴은 슬펐다. 커다란 눈망울에서 금방이라도 눈물이 떨어져 내릴 것만 같았다. 피에로가 가면을 바닥에 내려놓았을 때 루이 발데는 가면을 발로 차버렸다. 가면이 없는 피에로는 울기 시작했다. 루이 발데가 손을 내밀었다. 피에로는 자신의 손을 어루만지는 그의 팔에 쓰러져 흐느껴 울었다. 온몸으로 울었다.

인형 피에로에게 생명을 불어넣은 루이 발데의 손놀림에 눈을 뗄 수가 없었다. 그의 감정 전달에 깊은 감동이 전해졌다. 루이 발데의 피에로는 정말 슬펐다.

유리에 그린 그림, 마리린

집 짓는 아버지

거리를 걷다가 창문에 매달려 있는 유리그림을 보았다. 투명한 유리에 그려진 그림은 빛을 받아 춤을 추고 있었다. 창문 너머 마리린의 커다란 눈과 마주쳤을 때 그녀는 하얀 이를 드러내며 웃었다. 시원시원한 웃음에 이끌려 바깥세상에서 문을 밀고 들어가 마리린 모넬(Maryline Monel)을 만났다.

"당신은 왜 유리에 그림을 그리나요?"

"아버지는 집을 짓는 분이세요. 나는 어릴 때부터 아버지를 따라다녔어요. 열 살도 안 된 나에게 아버지는 집은 그곳에 살 사람을 닮아야 한다고 늘 말씀하셨죠. 그때는 그 말이 무슨 말인지 잘 몰랐어요. 그날도 아버지를 따

시간이 지나고 빛의 온도가 달라질 때마다
다르게 보이는 유리그림.

라갔는데, 우연히 유리에 그려진 그림을 봤어요. 유리에 햇빛이 쏟아졌는데 그림이 살아 움직이는 거예요. 유리 위에서 꽃이 피더라고요. 그림 속 꽃이 나에게 말을 걸어와 아주 기분 좋은 환상에 빠졌어요. 지금도 그때 그 순간을 잊을 수가 없네요."

마리린이 유리에 그림을 그리겠다고 했을 때 그녀의 아버지가 무척 좋아했다고 한다. 마리린은 햇빛이 가득 들어오는 아틀리에에서 일하게 되었다. 창가에 매달려 있는 유리그림들을 보면서 마리린이 어렸을 때 느꼈던 환상을 어렴풋이 짐작할 수 있었다.

유리그림에 그려진 피에로를 보고 있자니 어디선가 익숙하지 않은 노래가 들려왔다. 풀숲에 앉아 있는 소년은 쓸쓸해 보였다. 끝이 뾰족한 창을 들고 서 있는 한 사내는 금방이라도 '훅' 하고 튀어나올 것 같았고, 물을 벗어난 물고기 두 마리는 파닥거렸다.

"깜깜한 어둠 속에 하얀 비가 내리는 것 같아요."

세워진 유리 액자에 하얀 선이 그어져 있는 것을 보고 한 말이었다. 그림은 처마 끝에 겨우 몸 하나 가리고 서서 하염없이 내리는 비를 바라보던 일을 상기시켰다. 그러다 기억은 갈대가 사드락사드락 소리 내며 흔들리던 겨울의 강 풍경으로 건너뛰었다.

"추운 겨울 가창오리 떼를 보기 위해 강가에 간 적 있어요. 손끝과 발끝이 추위에 얼얼해지는 것을 느끼면서도 자리를 뜰 수 없었어요. 수천수만 마리의 가창오리 떼가 비상하는 것을 꼭 보고 싶었거든요. 찬바람에 부딪치는 갈대 소리를 들으며 한참 동안 서 있었어요."

같은 그림을 보면서도 다른 이야기를 주저리주저리 늘어놓는 나를 마리린은 아주 재미있어했다. 시간이 지나고 빛의 온도가 달라질 때마다 그림이 다르게 보였다. 마리린의 아틀리에에 있는 그림은 낯선 세계에 대한 호기심을 일으켰다. 풍경에 젖어들어 생각의 언저리를 서성거리게 했다.

사람을
닮는 집

목요일은 마리린을 만나는 날이었다.

"다음 주에는 리옹에 없을 거예요. 다른 곳에서 창 제작 의뢰가 들어왔거든요."

"창을 만들 때마다 그 집을 찾아가나요?"

"되도록이면 창이 놓이는 곳을 직접 보려고 해요. 주위 분위기도 살피고, 사이즈도 재고, 창을 사용하게 될 가족과 이야기도 나눠요."

벽으로 막혀 있는 거실과 딸의 방 사이에 창을 내고 싶다는 것이 의뢰인의 요청이었다.

"불투명한 유리로 제작하면 안팎이 보이지 않는데, 벽과 마찬가지 아닌가요?"

"보이지는 않지만 창을 통해 들어오는 빛에 아이는 안정을 느낄 거예요. 라파엘 부부는 딸에게 항상 소통하고 있다는 것을 말하고 싶다며 창 제작을 의뢰했어요."

창에는 사람의 마음과 마음을 이어주는 신비로움이 있다고 마리린은 말했다.

"보면 볼수록 정이 가고 시간이 갈수록 집과 하나가 되는 창을 보면서 사람들이 행복해할 때, 나도 그들처럼 행복해요. 해마다 포도 잎에 고기와 쌀을 넣어 계절 요리를 해 먹는 집에는 포도나무를 그렸어요. 아시아 여행을 좋아하는 사람이 사는 거실에는 아시아풍 그림을 그렸고, 엄마를 그리워하는 사람의 주방에는 그 사람의 엄마가 좋아하던 과일을 그렸어요."

마리린은 아버지처럼 집과 하나 되어 그 집에 사는 사람에게 편안함을 주는 창, 문을 열 때마다 기분을 좋게 만드는 창, 바깥 풍경을 꿈꾸게 하는 창을 그리고 있었다.

함께 창을 보는
날들

스테인드글라스는 공간예술, 시각예술, 조형예술 등 다양한 예술 분야에서 발달해왔다. 리옹 거리를 걷다 보면 대성당 건축 장식뿐만 아니라 상점의 간판에서도 스테인드글라스 작품을 쉽게 볼 수 있다. 마리린을 알게 된 이후부터는 더 자주 눈에 띄었다.

"유리에 그림 그리는 일은 상상의 문을 여는 일이에요. 보이지 않는 세계와 소통하는 일이기도 하고요."

창을 바라보며 명상에 빠졌던 아이는 이제 닫힌 문을 과감하게 두드릴 줄 아는 어른으로 자랐다. 그러나 어른이 되어서도 마리린은 어린 시절만큼이

마리린은 유리 위에 그림을 그리고, 물감이 마르면 660도의 온도에서 구워내고
납선으로 조립된 것을 열로 봉합하는 모든 과정을 보여주었다.

나 수줍음을 많이 탔다. 처음 작업하는 모습을 촬영하는 날, 마리린은 많이
당황해했다. 없는 듯이 있으려고 숨을 죽였음에도 그녀의 긴장감을 줄이기
에는 역부족이었다. 결국 마리린은 실수를 하고 말았다. 그녀의 붓이 유리
위에서 어긋났다. 처음부터 다시 그려야 했다. 유리와 유리를 이어주는 납
선을 망치로 두드릴 때에도 그녀는 안절부절못했다. 밑부분에 작업했던 유

리가 깨져버렸다. 결국 조립된 것을 다시 다 풀어야 했다.

유리 위에 그림을 그리고 물감이 마르면 660도의 온도에서 구워내고 납선으로 조립된 것을 열로 봉합하는 모든 과정을 보여주면서, 마리린은 서서히 안정을 찾아갔다. 그녀의 능숙한 손놀림에 이제는 유리가 깨지기 쉬운 재료라는 것까지 종종 잊어버렸다.

프랑스 사람인 그녀보다, 불어를 잘 못하는 내가 더 많이 떠들곤 했다. 말수가 적은 마리린은 나의 존재에 익숙해지자 몇 시간 동안 셔터를 눌러대도 나를 의식하지 않았다. 우리는 말을 하지 않아도 서로의 마음을 읽어내는 친구가 되어갔다. 햇빛이 쨍한 날에 내가 등나무 향기와 함께 아틀리에에 들어서면 그녀는 등나무 이야기를 했고, 갈증이 난다는 말을 하기도 전에 '카라멜 살레' 아이스크림을 먹으러 가자고 했다. 그녀가 그린 그림을 보면서 생각나는 대로 이야기를 풀어내면, 그녀는 거기에 또 다른 그녀의 이야기를 덧붙였다. 비가 창문을 두드리는 날에는 우산 하나를 내밀어주는 친구. 불어 말하기 시험이 있다는 내 말에 평소와 달리 말을 많이 하는 친구. 우리는 함께 창을 보는 날이 많아졌다.

마리린의 창

마리린을 떠올리면 동시에 그녀의 창이 나타났다. 마리린은 매일 창에서 영감을 건져 올렸다. 그녀의 그림이 보는 이로 하여금 상상의 공간을 제공하는 것은 바로 이 때문이다.

하루는 옆집에 사는 두 아이가 유리에 코를 박고 우스꽝스러운 얼굴로 안을 들여다보았다. 마리린에게 장난을 거는 모양이었다. 그녀는 아이들보다 더 익살맞은 표정을 지어 보였다. 둘 중 한 아이가 입김을 '호~' 하고 불더니 무언가를 써 내려갔다. 내가 사진을 찍으려 하자 아이들은 잽싸게 숨어 버렸다. 유리창에는 아이가 써놓은 글자만 덩그러니 남았다가 금방 사라져 버렸다. 사라졌던 두 아이가 다시 나타나 창밖에서 노는 동안에 마리린은 색유리 위에 치마가 팔랑거리는 여자아이를 그려 넣었다.

　　그림을 들고 내려가는 남자, 자전거를 끌고 올라가는 소년, 엄마 손 잡고 걸어가는 아이, 우산을 쓰고 지나가는 청년 등 마리린의 창에는 많은 사람들이 살고 있었다. 가방을 메고 여행을 떠나는 여자, 농구공을 가지고 운동하러 가는 사내, 손잡고 걷는 연인도 있었다. 무심히 지나가는 사람이 있는가 하면 창 안을 들여다보는 사람도 있고, 마음이 내키면 아예 안으로 들어와 나처럼 창을 구경하는 사람도 있었다.

　　언제 어느 때 누가 유리창에 나타날지 예측할 수 없어 카메라 앵글 잡는 게 쉽지 않았다. 아이를 목마 태운 아빠가 지나가서 서둘러 셔터를 눌렀는데 아이가 실내조명등에 가리고 말았다. 사람들 걸음이 빨라 두 컷 찍기가 힘들었다. 유리창은 생각보다 작았지만, 그녀의 창은 살아 움직이는 액자였고, 한 편의 프랑스 영화였다. 끊임없이 지나가는 행인들만 등장했다. 마리린은 행인의 특징을 살려 이야기를 불어넣었고 그림을 그렸다. 그림 속 등장인물이 조명등에 가리는 일은 없었다.

　　마리린은 유리창을 통해 무엇이든 건져 올렸다. 산과 꽃이 있었고 사람이 있었다. 유리의 세계는 그녀에게 상상의 세계였고 꿈의 세계였다.

옆집에 사는 두 아이가 유리에 코를 박고 우스꽝스러운 얼굴로
안을 들여다보았다. 마리린에게 장난을 거는 모양이었다.
그녀는 아이들보다 더 익살맞은 표정을 지어 보였다.

한번은 여러 사람이 아틀리에 문을 밀고 들어왔다. 마리린이 그들과 유리 그림에 대한 이야기를 나누고 있을 때, 나는 그녀의 스케치북에 그려진 그림을 찍었다.

"저 사람이 당신 아이디어를 훔치고 있어요."

사람들이 나가면서 나를 힐끔힐끔 쳐다봤다. 나는 영문도 모른 채 해맑게 웃었다.

그들이 다 빠져나가자 마리린의 웃음보가 터졌다. 나는 찰칵찰칵 소리를 내는 그림 도둑이 되었다. 기분 나쁘지 않았다. 나도 영감을 건져 올리는 창을 하나 가지고 싶었다.

거꾸로 가는
시계

"빛의 도시 리옹에는 해마다 수천 수백만 인파가 몰려와요. 거리에는 사람들이 넘쳐나고요. 빛의 축제가 되면 리옹 건물들은 스크린으로 변해요. 빛으로 제작된 다양한 영상이 건물 위에 상영되는데 정말 환상적이에요."

마리린은 빛의 축제를 함께 즐기자고 제안했다.

"도시 전체가 빛으로 춤을 춰요. 매년 12월 8일이면 집집마다 초를 밝혀 수십 수백 개의 촛불이 일렁거려요. 푸르비에르 언덕에서 보는 빛의 바다는 장관이에요. 해마다 보지만 해마다 감동이에요."

"사람들이 왜 초를 밝히는 거예요?"

"리옹에 흑사병과 전쟁 같은 어려운 일이 닥쳤을 때마다 사람들은 성모마리아를 찾아 기도했고, 그때마다 성모마리아는 사람들의 기도를 들어줬어요. 성모마리아에게 감사한 마음을 전하고 찬미하기 위해 리옹 사람들은 창에 초를 밝혔던 거예요."

마리린의 약간 상기된 모습은 차분한 그녀에게서 좀처럼 보이지 않는 모습이었다. 나는 덩달아 마음이 들떴다.

마리린의 아틀리에에서 만나 우리는 테로 광장으로 내려갔다. 그녀의 아들 오헬도 함께했다. 테로 광장이 이렇게 작았나 하는 착각이 들 정도로 발 디딜 틈이 없었다. 시청과 보자르 박물관에 빛의 영상이 들어오자 사람들의 탄성이 쏟아졌다. 시시각각 변하는 빛의 아름다움은 넋을 잃을 정도였다.

마리린이 시청 건물의 영상을 보고 있을 때 보자르 건물 쪽을 보고 있던 오헬이 외쳤다.

"엄마, 시계가 돌아가요."

"엄마, 저기에 사람이 나타났어요."

마리린이 보자르 건물 쪽을 보고 있을 때 오헬은 또 엄마를 불렀다.

"엄마, 꽃비가 내려요."

계절이 바뀌고, 천둥 번개가 치고, 사람이 시곗바늘에 매달려 있고, 시계가 거꾸로 돌아갈 때에도 오헬은 엄마를 불렀다.

영상이 끝나자 시청 문이 열리며 빛의 터널이 만들어졌다. 사람들은 시청을 관통하여 오페라하우스가 있는 쪽으로 나왔다. 거리에는 아름답게 디자인된 조명등이 빛났고 뱅쇼(Vin Chaud, 뜨거운 와인) 향이 가득했다.

생니지에를 거쳐 벨쿠르 광장까지 이어지는 그 넓은 길을 줄지어 걸었다. 입구와 출구를 달리 해놓은 덕분인지, 수백만 인파가 모였는데도 혼잡하다는 것을 느끼지 못했다. 거리에 가득한 사람들은 하나의 진풍경이었다. 사람들의 표정에는 행복이 넘쳐났다. 마리린이 들려준 것보다 더 가슴 벅찬 광경이었다.

"이제 겨우 시작이에요."

감탄사를 연발하는 내게 마리린이 말했다.

생장에서의 빛 영상이 끝났을 때 마리린과 나는 마주보며 동시에 외쳤다.

"한 번 더 볼까요?"

날은 추웠지만 춥다는 것을 느끼지 못했다. 마리린이 건네준 뜨거운 와인이 몸을 따뜻하게 데워주었다. 어린 오헬에게 더 이상 걷는 것은 무리였다. 결국 마리린과 오헬은 집으로 돌아가고, 나는 몽테 데 샤조(Montée des Chazeaux) 길을 따라 푸르비에르까지 혼자서 걸어보기로 했다. 계속해서 동영상을 찍었더니 카메라 배터리도 다 소진되었다. 이제부터는 마음으로만 빛을 담아야 했다.

줄을 서서 계단을 올랐다. 빛이 이끄는 대로 한 걸음 딛고 기다리다 또 한 걸음 딛고 기다리며 푸르비에르 언덕에 다다랐을 때 본 전망대 풍경은 아찔할 정도로 아름다웠다. 집집마다 켜놓은 촛불이 가세해 빛의 축제 최고봉을 이루었다. 마리린, 오헬과 함께 걸었던 빛의 길도 한눈에 펼쳐졌다. 성모마리아에 대한 찬미가 도시의 어둠을 걷어내어 한바탕 꿈같은 풍경을 만들고 있었다. 마리린과 오헬이 끝까지 함께하지 않은 것이 정말 아쉬웠다. 마리린은 집에 들어가자마자 오헬과 창가에 초를 밝혔을 것이다. 빛나는 촛불들

중 어디가 마리린 창의 불빛인지 짐작해보았다.

한국에 온 지 5개월쯤 지나서일까? 마리린에게서 메일이 왔다.

요즘도 만나는 모든 것에 감동하며 지내나요? 지금 상황이 어려울지라도 당신은 여전히 삶 속에서 감동하며 지낼 거란 걸 잘 알아요. 오헬은 테로 광장을 지나갈 때마다 건물 위에서 거꾸로 돌아가던 시계 이야기를 해요. 나도 가끔 시계를 거꾸로 돌려 당신이 아틀리에 문을 밀고 들어왔을 때를 떠올려요.

마리린의 편지를 읽으며 그녀와 나란히 앉아 있던 창을 그렸다.

"오늘도 창에서 이야기를 길어 올리나요? 지금은 어떤 것들이 당신의 유리그림에 들어와 있나요?"

| 푸르비에르 대성당의 세 가지 소원 |

　현재 리옹에 위치한 푸르비에르 대성당 자리에는 작은 예배당이 있었다고 한다. 지금의 푸르비에르 대성당은 어떻게 지어지게 됐을까. 이와 관련해 푸르비에르 대성당에는 '세가지 소원'에 얽힌 재미있는 실화가 전해 내려오고 있다. 안 도트리슈(Anne d'Autriche)의 기도가 첫 번째 이야기다.

　안 도트리슈는 스페인의 왕이었던 필리프 3세의 딸로 1615년에 프랑스의 루이 13세와 결혼을 했다. 왕손이 없었던 그녀는 1630년에 당시 예배당을 찾았고 루이 13세의 왕위를 상속받게 해달라고 성모마리아에게 기도했다. 8년 후에 안 도트리슈의 기도가 이루어졌다. 결혼 23년 만에 아들인 루이 14세가 태어난 것이다(1638년 9월 5일).

　두 번째 이야기는 흑사병과 관련이 있다. 14세기 중세 유럽에는 주기적으로 흑사병이 돌았다. 10년에 한 번꼴로 프랑스 전역을 휩쓸고 가는 흑사병의 피해는 상상을 초월할 정도였다. 수많은 사람의 목숨을 앗아가는 대재앙이었다. 1643년 9월 8일에 사람들은 예배당에서 역시 성모마리아에게 기도를 했다. 20일 후 전염병은 완전히 사라졌고 리옹에는 더 이상 흑사병이 돌지 않았다.

　세 번째는 1870년 7월 19일 프랑스와 프로이센 사이에 전쟁이 발발했을 때의 이야기다. 전쟁의 승리를 확신하던 나폴레옹 3세의 호언장담과는 달리 많은 도시들이 프로이센에 점령되면서 피해가 확산되었다. 리옹 사람들은 또다시 성모마리아를 찾았다. 사람들은 기도를 하면서 전쟁을 피할 수 있게 해준다면 성모마리아를 위한 대성당을 짓겠다는 약속을 했다. 이후 리옹은 기도 때문인지 전쟁을 모면했다.

전쟁을 피하게 된 리옹 사람들은 약속한 대로 대성당을 짓기 위한 기금을 모았다. 1872년 12월 7일 첫 돌이 놓였고, 12년 후인 1884년 6월 2일에 완공되었는데 이것이 바로 지금의 '푸르비에르 대성당'이다. 큰일이 생길 때마다 사람들은 성모마리아를 찾았고 그때마다 성모마리아는 사람들의 기도를 외면하지 않았다.

한편 푸르비에르 대성당의 종탑 꼭대기에는 금으로 도금된 성모마리아 동상이 위치해 있는데, 이는 1851년에 설치된 것이다. 리옹 사람들은 대성당을 짓기 전, 낡은 종탑을 재건하면서 종탑 꼭대기에 성모마리아에 대한 감사의 마음을 담아 동상을 세웠다. 동상의 건립식은 성모마리아 탄생일인 9월 8일에 하려고 했지만, 아틀리에에 물이 범

푸르비에르 대성당.
1872년 첫 돌이 놓여, 1884년에 완공되었다.

람하면서 예정된 날까지 동상을 완성하지 못하는 바람에 연기되고 말았다.

　건립식 당일, 사람들은 종탑 꼭대기에서 리옹을 내려다보는 눈부시게 빛나는 금빛 성모마리아상을 기대했다. 하지만 폭우로 인해 성모마리아상은 안타깝게도 빛을 잃어버렸다. 리옹 사람들은 누가 먼저랄 것도 없이 집 창문에 초를 밝혔다. 도금이 아닌 사람의 마음으로 밝힌 촛불에 의해서, 리옹의 땅과 사람을 지켜준 성모마리아에 대한 경이로움이 다시 태어나는 순간이었다. 이것이 뤼미에르 축제의 기원이 되어 오늘날까지 이어지고 있으며, 리옹을 대표하는 세계적인 축제로 자리 잡게 되었다.

건축의 도시, 리옹

2000년 역사의 고대 유적지
고대 로마 극장

　　　　　리옹에 있는 갈로로망 문화 박물관(Le musée de la civilisation Gallo-Romaine) 입구에 들어섰다. 토기들이 은은한 조명을 받으며 나를 맞았다. 줄지어 선 토기를 따라 나선형 계단을 내려가는 기분은 아주 묘했다. 아득한 선사시대로 걸어 들어가는 착각마저 들었다.

　이곳에는 분명 모든 글이 불어로 되어 있었다. 그런데 완전히 다른 언어처럼 낯설게 다가왔다. 첫 번째 방부터 막막해 어쩔 줄을 몰랐다. 모르는 단어가 너무 많아 도대체 내용을 이해할 수가 없었다. 조각은 조각일 뿐이고 그림은 그림일 뿐이었다. 이대로라면 갈로로망 시대에 대해 아무것도 이해하지 못한 채 박물관을 나가게 될 게 뻔했다.

　이리저리 두리번거리고 있을 때 코르덴 상의를 입고 있는 사람이 눈에 들어왔다.

　"실례합니다. 이게 무슨 뜻이에요?"

　그는 내 질문에 이야기를 덧붙여가며 단어를 설명했다. 그런 그에게 나는 무턱대고 "나와 함께 박물관 관람을 해주겠어요?"라고 물었다. 갈로로망 시대의 문화를 이야기해달라고 부탁했다. 그의 머뭇거림은 당연했다.

　"기원전 리옹의 역사를 이해하는 게 제겐 너무 어려워요. 도와주세요."

　나의 간절함을 읽었던 걸까? 그는 결국 나와 같이 갈로로망 시대로 들어가 주었다.

　"이 박물관은 선사시대 말기부터 기원후 7세기까지 리옹의 역사를 연대기 순으로 전시하고 있어요. 이곳에 있는 유물은 모두 론알프(Rhône-Alpes)에서 발굴된 진품들이지요. 기원전 43년 루

2000년 전에 지어진 고대 로마 극장 유적.

그두눔(리옹의 옛 라틴이름)이 세워졌을 당시 푸르비에르 언덕은 리옹의 중심지였답니다."

"사람들은 왜 평지가 아닌 언덕에 도시를 세웠어요?"

"당시 평지를 이루던 곳은 삼각주였어요. 당연히 땅의 지반이 단단하지 못했죠. 예전에는 강의 범람도 잦았어요. 자연스레 지반이 튼튼하고 강의 범람에도 피해가 없는 언덕 위에 건물을 짓고 도시를 세웠던 거예요."

그는 루그두눔 시대에 사용되었던 토기와 무기는 물론 클로드 황제의 연설문, 콜리니의 달력 등 청동 위에 새겨진 글, 바쿠스(Bacchus)와 발라쥑(Balazuc) 석관에 새겨진 조각까지 자세히 설명해주었다.

"로마인들은 전쟁을 좋아했대요. 여자들은 제단을 만들어 전쟁에 나간 남편이 무사히 돌아오게 해달라고 빌었어요. 여기를 보세요. 집집마다 제단의 형태가 달랐다는 게 흥미로워요."

그는 당시 제작된 모자이크가 역사적으로 얼마나 큰 가치를 지니고 있는지 힘주어 말했으며, 뼈로 만든 바늘 하나까지도 놓치지 않고 설명해줬다. "놀라운 리옹의 역사지요!" 하며 감탄하기도 했다. 리옹의 역사는 놀라웠다. 하지만 나에게는 그가 더 놀라웠다.

"어떻게 그렇게 아는 게 많으세요?"라는 질문에 그는 활짝 웃었다.

"나는 역사가예요. 대학에서 역사를 가르쳐요."

이야기를 나누며 나는 그가 역사 기행 중인 대학교수임을 알게 되었다. 어쩜 말을 걸어도 이런 사람에게 말을 걸었을까?

맨 아래층에 내려왔을 때 눈앞에 펼쳐진 풍경에 놀라움을 금치 못했다.

커다란 창문 하나가 음악당을 향해 나 있었는데, 이것은 마치 '고대 음악당 (odéon)'을 박물관 안에 고스란히 재현해놓은 듯했다. 또 하나의 창문은 고대 로마 극장을 향해 나 있었다. 로마 극장과 음악당은 이미 수차례 봤던 곳이다. 그러나 두 창을 통해 바라본 로마 극장과 음악당은 지금까지 밖에서 보았던 것과는 전혀 다른 느낌이었다. 2000년 전의 공간에 선 것 같은 묘한 기분이 들었다.

이 박물관을 지은 사람이 궁금해졌다. 3층이나 되는 건물이 밖에서 잘 보이지 않는다는 점이 이상했다. 위에서 아래로 유물을 진열하여 땅속으로 들어가는 느낌을 준 것도 기발했고, 두 개의 창 자체를 전시 공간으로 만들어낸 것도 독특했다. 역사를 보여주는 건물이 이보다 더 완벽할 수 있을까? 건축가 베르나르 제르퓌스(Bernard H. Zehrfuss)가 의도적으로 건물이 땅에 묻혀 있도록 설계했다는 것을 나중에 알게 되었다.

"우리 눈앞에 펼쳐진 고대 로마 극장과 음악당은 2000여 년 전의 고대 유적이에요. 혹시 비우리옹(Vieux-Lyon)에 가보셨나요? 중세 르네상스 유적을 볼 수 있는 곳이지요. 파르디외(Part-dieu) 지구와 토니 가르니에(Tony Garnier) 박물관에도 한번 가보세요. 20세기 건축물들을 보실 수 있을 거예요. 고대·중세·현대의 유적을 한자리에서 볼 수 있는 곳, 그곳이 바로 당신이 서 있는 리옹이에요."

그는 자꾸 시계를 들여다보았다. 친구와 만나기로 한 시간이 한참 지난 모양이었다. 고맙다는 말도 미안하다는 말도 제대로 못하고 서둘러 헤어졌다. 그가 탄 엘리베이터 문이 닫히는 순간 그의 이름을 모른다는 것을 깨달았다. 열일곱 개 방을 지나오면서 많은 질문을 했는데, 정작 그의 이름을 물어보지 못했다. 못내 아쉬웠다. 파란 눈과 다정한 목소리만 덩그러니 남았다. 그날 이후, 누군가를 만났을 때 이름부터 물어보는 습관이 생겼다.

중세 르네상스 시대의 유적지,
비우리옹

　　　　　　6월 넷째 주 토요일, 리옹에 와서 친해진 로랑의 집을 찾았다. 구시가지인 리옹 5지구에 사는 로랑과 그의 아내 안은 '생장 주민들의 축제'에 가지고 나갈 음식 준비에 한창이었다. 나는 김이 모락모락 나는 요리를 들고 로랑 가족과 함께 생장 대성당 앞으로 나갔다. 거기에는 이미 많은 사람들이 모여 이야기꽃을 피우고 있었다. 한쪽에서는 아이들을 위한 팬터마임 공연이 시작되었다.

　안은 아들 레옹과 딸 니농을 데리고 팬터마임 공연장 앞으로 갔고, 로랑과 나는 빈 테이블에 앉았다. 우리가 앉은 테이블 위로 음식이 하나둘씩 놓였다. 크리스티안은 훈제고기 요리를, 루이즈는 올리브가 듬뿍 들어가 있는 샐러드를 가지고 왔다. 테오 손에는 와인이 들려 있었다. 줄리는 사과 타르트 만드는 솜씨를 뽐냈고 아멜은 양고기 요리를 선보였다.

　이 축제는 5지구 구청에서 주최하는 것으로, 관광객을 위해 건물 통로를 개방하는 생장 주민들에게 감사하기 위해 시작되었다고 했다. 사람들은 요리 한 가지씩을 가지고 나와 나눠 먹으며 서로의 안부를 물었다.

　"약 500헥타르나 되는 르네상스 시대의 건물이 지금까지도 그대로 보존

될 수 있었던 이유는 어디에 있나요?"

나의 질문에 사람들이 한마디씩 거들었다. 먼저 루이즈가 말했다.

"비우리옹 건물들은 돌로 지어졌기 때문에 튼튼하고 반영구적이에요."

비우리옹(Vieux-Lyon)은 '옛 리옹'이라는 뜻으로 구시가지를 가리킨다. 생조르주, 생장, 생폴 세 구역으로 나뉘어 있는데, 15~16세기 르네상스 시대의 건축물이 그대로 보존되어 있는 곳이다.

루이즈의 말이 끝나자 안이 뒤를 이었다.

"주민들의 복원 노력이 있었기 때문에 가능했어요. 1960년대에 당시 루이 프라델(Louis Pradel) 시장은 비우리옹의 일부 비위생적인 구역을 헐고 순환고속도로를 건설하려고 했어요. 시장의 계획에 타당성이 없는 것은 아니었지만, RVL(La Renaissance du Vieux-Lyon, 비우리옹의 르네상스) 협회는 옛 건물을 허무는 것을 인정할 수 없었어요. 그들은 주민들과 함께 지역을 복원하고 부활시키는 데 열정을 쏟았지요. 그리고 1998년, 마침내 비우리옹은 유네스코의 세계문화유산에 등재되었어요."

이야기는 축제의 유래로 시작하여 르네상스 시대의 건축물과 트라불(Traboule)로 이어졌다. 트라불은 건물과 건물을 가로지를 수 있는 통로를 일컫는 말이다.

비우리옹은 르네상스 시대의 건축물과 트라불을 보려고 온 관광객들로 항상 북적거렸다. 주민들은 불편을 감수하고 건물의 문을 열어 관광객이 트라불을 지나갈 수 있도록 해주었다.

나는 처음 트라불에 들어갔을 때 몹시 당황했던 일이 떠올랐다.

"들어가는 문과 나오는 문이 완전히 다르더라고요. 아직 길이 익숙하지 않았을 때였어요. 중간쯤에 이르렀을 때 앞서 가던 사람들의 모습이 순식간에 사라져버렸어요. 덜컥 겁이 났어요. '왔던 길을 돌아갈까' 하고 뒤를 돌아봤는데 너무 어두웠어요. 순간 미로에 갇힌 것 같았어요. 다행히 앞쪽에서 다른 일행들이 들어와 그 길을 따라 나왔어요."

트라불이 익숙한 그들에게 내 경험은 재미있는 이야깃거리였다.

"그리스신화의 다이달로스 미궁처럼 복잡하지는 않아요"라는 로랑의 말에 주위는 웃음바다가 되었다.

테오는 미로 같은 트라불이 카뉘의 민중 봉기 당시, 군사를 피해 다닐 수 있었던 이동 경로였으며 제2차 세계대전 때에는 독일에 대항하는 레지스탕스 활동가들의 비밀 통로로 사용되었다는 사실을 알려주었다.

"리옹에는 500여 개나 되는 트라불이 있다고 들었어요. 길이 아닌 건물 사이의 통로를 이용한 이유가 있나요?"

사람들은 계속되는 질문을 귀찮아하지 않았다. 오히려 자신들이 살고 있는 곳에 대해 궁금해하는 것을 자랑스러워했다.

"이 통로가 처음 만들어진 이유를 알려면 물이 부족했던 4세기로 거슬러 올라가야 해요. 비우리옹의 트라불은 물을 운반하는 통로였어요. 푸르비에르 언덕에 자리를 잡고 살던 루그두눔의 주민이 손 강의 물을 얻기 위해 트라불을 만들어 사용했던 거예요. 무거운 물을 지고 길을 돌아가는 것보다 건물 사이를 지나가는 게 편했던 거죠."

"크루와루스 언덕에 있는 트라불은 비단을 운송하는 데 사용했어요. 이것 역시 이동 동선을 단축시켰고, 비나 눈이 내릴 때에도 트라불 덕분에 비단을 안전하게 운반할 수 있었대요."

건물과 건물 사이를 가로지를 수 있는 통로 '트라불'.
비단과 물의 운송로이자 민중 봉기 당시 이동 경로였고,
레지스탕스 활동가들의 비밀 통로였다.

그들은 마치 자기 일을 회상하듯 과거 리옹 이야기를 들려주었다. 사람들의 대화는 밤늦게까지 이어졌다. 아이를 재워야 하는 몇몇 사람들은 자리를 떠났다.

토니 가르니에의
도시 박물관

리옹 거리를 걷다 보면 건물 벽면에 그려진 트롱프뢰유(Trompe-l'œil, 눈속임이란 뜻으로 착시 현상을 일으킬 만큼 사실적인 그림을 말함)나 프레스코화를 볼 수 있는데, 이 벽화들은 1978년에 설립된 '창작의 도시(Cité de la Création)'라는 예술인 단체에서 그린 것이다.

마르티니에르(Martinière) 거리의 프레스코화에는 리옹을 대표하는 스물네 명의 역사적 인물이 그려져 있다. 요리사 폴 보퀴즈, 어린왕자와 생텍쥐페리, 영사기를 발명한 뤼미에르 형제, 인형 기뇰과 로랑 무르게, 반자동 베 짜는 기계를 발명한 조제프 마리 자카르, 나폴레옹 시대 사교계를 지배했던 줄리에트 레카미에, 시인 루이즈 라베와 모리스 세브 등이 그림에 생명력을 불어넣고 있었다.

'리옹의 역사적 인물들이구나' 하고 무심하게 쳐다봐도 '창작의 도시' 예술인이 그려낸 프레스코화는 사람을 압도하는 힘이 있었다. 그림 속 인물이 살았던 시대로 잠시 시간여행을 떠날 수 있는 재미가 나를 자꾸 프레스코화 앞으로 불러 세웠다.

벽화에 그려진 건축가 토니 가르니에를 보았을 때, 갈로로망 문화 박물관에서 만났던 파란 눈의 역사가가 한 말이 생각났다.

"토니 가르니에는 20세기 도시계획의 선구자예요. 1917년 「공업도시(Une Cité Industrielle) 계획안」을 발표한 토니 가르니에의 주요 관심사는 도시 전체를 계획하는 일이었어요. 그는 노동자들에게 최고의 주거 조건을 제공하기 위해 평생 힘을 기울인 건축가지요."

이후 데 제타쥐니(Des États-Unis) 거리에서 '토니 가르니에 도시 박물관'을 찾아 다녔지만 그 실체가 쉽게 나타나지 않았다. 아파트 건물 벽에 그림이 그려져 있는 것을 보면 분명 이 근처가 맞는데 도대체 박물관은 어디에 있는 걸까? 주위를 몇 바퀴 돌고 있을 때 할머니 한 분을 만났다.

"여기 당신이 서 있는 주거 단지 전체가 토니 가르니에 도시 박물관이에요."

토니 가르니에와 '창작의 도시' 예술인이 만나 주거 단지에 스물다섯 개의 프레스코화를 완성시켰고, 이 중 열한 개의 프레스코화는 토니 가르니에가 「공업도시 계획안」에서 실제로 그렸던 초벌그림을 그대로 옮긴 거라는 사실은 이미 알고 왔었다. 하지만 주거 단지 전체가 박물관일 거라는 생각은 미처 못 했다. 박물관은 문을 밀고 들어가야 뭔가를 볼 수 있는 곳이라는 고정관념이 깨지는 순간이었다.

토니 가르니에 도시 박물관은 비가 오면 비가 오는 대로, 눈이 오면 눈이 오는 대로 바깥 날씨를 그대로 느끼면서 감상할 수 있는 곳이었다.

며칠 후 데 제타쥐니 거리 인근의 세르폴리에르(Serpollières) 거리에 갔다. 그곳에는 토니 가르니에를 기리는 작은 박물관이 있었고, 박물관에서 일하

토니 가르니에와 예술인 단체 '창작의 도시'가 만나 리옹 8지구의 주거 단지에
스물다섯 개의 프레스코화를 완성했다.

벽화에 등장하는 건축가 토니 가르니에.
예전에 이곳에서 살던 아이들을 그린 벽화도 볼 수 있다.

는 가이드는 내게 토니 가르니에의 어린 시절 이야기를 들려줬다.

"1869년 8월 13일 리옹에서 태어난 토니 가르니에는 카뉘의 아들이에요. 아버지 피에르 가르니에(Pierre Garnier)는 견직물 디자이너였고 어머니 안 에브라(Anne Evrard)는 비단 짜는 카뉘였어요. 리옹이 비단의 도시였다는 건 아시나요? 당시 카뉘들의 집은 노동 공간인 동시에 생활 공간이었는데, 기르는 새의 건강 상태에 따라 유독가스를 감지해야 할 정도로 열악한 환경이었어요. 그나마 햇빛 잘 드는 창가마저 비단 짜는 기계에 양보하고, 가족은 가장 어두운 고미 다락방에서 지냈지요."

나는 이러한 경험 때문에 토니 가르니에가 건축가를 꿈꾸고, 노동자들을 위한 주거지를 고안하는 데 열정을 쏟은 게 아닐까 하는 생각이 들었다.

"토니 가르니에는 「공업도시 계획안」에서 주거지대, 의료지대, 산업지대 등으로 도시의 기능을 구분하고 이것을 도로, 철로, 선로로 다시 연결시켰어요. 그의 건축 기술은 미래를 지향해요. 확장의 가능성을 예상에 두고 지대를 나누었던 것은 물론이고요. 또한 그는 건축 형태를 단순화하고 비용을 줄이기 위해 이전 시대의 건축물과는 달리 '철근콘크리트'를 사용했어요. 토니 가르니에는 철근콘크리트 건축물의 선구자라 불리지요."

가이드는 리옹 연고 축구팀 '올랭피크 리옹'의 홈구장인 제를랑 스타디움도 토니 가르니에의 작품이라는 것을 알려주었다. 젊은 건축가의 이상적인 도시계획이 빛을 발하고 리옹에서 실현될 수 있었던 것은 당시 리옹 시장이었던 에두아르 에리오의 지원이 있었기 때문이라는 말도 빠뜨리지 않았다.

2000년 전의 고대 유적과 중세 르네상스 유적 그리고 20세기 건물이 함께 숨 쉬고 있는 리옹, 이곳에는 또 어떤 멋진 건축가가 꿈꾸며 살고 있을까? 그들은 또 어떤 가치를 만들어가고 있을까? 21세기를 이끌어가는 건축가를 만나고 싶어 여기저기 문을 두드렸지만, 안타깝게도 돌아오는 날까지 그 누구와도 연이 닿지 않았다.

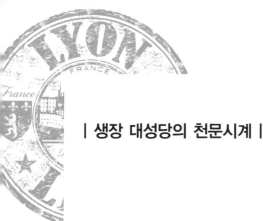

| 생장 대성당의 천문시계 |

생장 대성당은 비우리옹에서 역사적으로 매우 가치 있는 건축물 중 하나다. 1180년에서 1480년까지 3세기에 걸쳐 건립되면서 로마 양식과 고딕 양식을 동시에 가지게 되었는데, 1600년 12월 13일 마리 드 메디치(Marie de Médicis)와 앙리 4세의 결혼식이 거행되었던 곳으로 유명하다.

생장 대성당 내부에는 천문시계가 있다. 1340년 클뤼니(Cluny), 1354년 스트라스부르에 이어 1379년 리옹에도 천문시계가 설치된 것이다. 클뤼니의 천문시계는 이미 사라져 볼 수 없고, 스트라스부르의 천문시계는 700년에 걸쳐 지어진 노트르담 성당에서 만날 수 있다.

생장 대성당의 천문시계는 유럽에서 가장 오래된 시계 중 하나이다. 이 천문시계는 시계 기능과 달력 기능을 모두 갖추고 있다. 천문시계 중심에는 천문을 관측하는 눈금이 있어 해와 달은 물론 지구와 리옹 하늘에 떠 있는 별의 위치까지 표시한다. 12시와 2시, 3시, 4시가 되면 시계 상단의 작은 팔각 탑에 있는 열아홉 개의 인형이 연속적으로 움직인다. 왼쪽에 있는 천사가 모래시계를 뒤집고 오른쪽 천사는 지휘를 한다. 꼭대기에 있는 닭이 세 번 울며 날개를 펼친다. 신을 둘러싼 천사들이 종을 치며 찬송가를 부른다. 그 아래에서 성모마리아가 기도를 하고, 천사 가브리엘이 수태고지를 하는 장면을 볼 수 있다. 천문시계 앞에 서 있으면 바로 이 장면을 보기 위해 기다리는 사람

생장 대성당 내부에 있는 천문시계는 유럽에
서 가장 오래된 시계 중 하나이다.

비우리옹의 대표적인 건축물인 생장 대성당.

들을 만날 수 있다. 시계의 아래쪽에는 1953년에서 2019년까지 66년간의 달력이 기록되어 있는데, 새겨진 여러 글자 중에 금색으로 표시된 것은 축제일이었다.

생장 대성당에는 19세기에 만들어진 보물 박물관(Musée du Trésor)도 있다. 11세기 유적인 성가대 양성소에 자리하고 있는 보물 박물관은 페슈 추기경과 루이 드 보날 추기경의 수집품이 전시되어 있다. 9세기~19세기 금은세공품과 비잔틴의 작은 상자, 13세기~19세기의 제복, 17세기 오뷔송(Aubusson)과 플랑드르(Flandre) 지방의 장식용 단 등 종교예술품들을 볼 수 있다.

꿈을 만드는 장인들

"내가 만든 신발은 세상 어디든지 여행할 수 있어요.
내가 더 이상 이 세상에 존재하지 않을 때에도
누군가는 내가 만든 신발을 신고
자유로운 여행을 할 거예요.
내게 있어 신발은 그것을 신고 있는 사람과 함께
세상을 여행하는 일이에요."

신발 장인들, 아르포의 세 남자

이제 발이 아프지 않아!

"왜 신발 만드는 사람이 되셨어요?"

"어릴 때 신었던 신발이 항상 발을 아프게 했어요. 발이 아프지 않은 신발을 만들고 싶었지요."

티에리(Thierry)는 열두 살 때 아버지가 사준 신발 때문에 발이 많이 아팠던 기억을 떠올렸다. 스물두 살에 우연히 가방 만드는 친구를 만나 가죽 깁는 일을 배웠고, 신발을 만들어 '장인의 장터'라는 곳에 내놓았다고 한다.

"놀라운 일이 벌어졌어요. 하루 만에 다 팔린 거예요. 세상에 하나밖에 없는 신발이라며 사람들이 행복해했어요."

그날 이후 티에리는 '아르포(Art-Peaux)'라는 이름의 가게를 열었다. 티에

신발 가게 '아르포' 작업장에서 찍은 신발과 연장.
연장들은 그들과 함께 세월을 보내며 휘고 닳아 있었다.
무수한 양의 신발이 30년 동안 이 연장을 거쳤다.

리는 이제 더 이상 발이 아프지 않다며 싱긋 웃어 보였다. 아르포는 주요 품
목으로 신발을 취급하는데, 소량의 가방도 만든다. 또한 자신들이 만든 신
발과 가방을 수선해주기도 한다.

　작업실 한쪽 벽에는 색색의 가죽이 돌돌 말려 있었고 완성되지 않은 신발
들이 공정에 따라 나뉘어 다음 단계를 기다리고 있었다. 틀에 고정되어 신

발의 모양을 갖춘 것들, 이제 막 밑창을 붙여 풀이 마르길 기다리는 것들, 끈이 묶여 있거나 지퍼가 달려 있는 것들, 그리고 여기저기 잘려나가 흩어져 있는 조각들이 작업장을 가득 메웠다. 이곳에서 티에리와 에르베(Hervé), 로랑(Laurent)은 서로의 연장 소리를 들으며 함께 신발을 만든다.

로랑이 연장을 보여줬을 때 깜짝 놀랐다. 연장 대부분이 낡아 있었다. 장인과 함께 세월을 보내며 형태가 변한 것이다. 손잡이가 휘고 닳아 있는 펜치를 눈앞에 두고도 믿기지 않았다. 무수한 양의 신발이 30년 동안 이 펜치를 거쳐 갔다는 사실에 경이로운 마음까지 들었다. 하나의 펜치 속에 셀 수 없는 손의 움직임이, 어마어마한 시간의 초침이 고스란히 배어 있었다. 그러고 보니 작업장 안에는 낡은 것투성이였다. 로랑의 작업대에는 접착제가 덕지덕지 붙어 있었고 티에리의 작업대는 칼에 긁혀 생채기가 나 있었다. 밑창 가는 기계 위에는 가죽 먼지가 무늬처럼 박혀 있었고 에르베의 단단한 작업대는 스펀지처럼 염색약을 먹은 상태였다. 낡은 것들의 형언할 수 없는 수고로움이 구석구석 자리를 차지하고 있었다.

엄마의 재봉틀

에르베의 재봉틀에서 지금까지 한 번도 기억해 내지 못했던 소리가 들렸다. 까맣게 잊어버려 내 기억 속에 존재하고 있는 지조차 몰랐던 엄마의 재봉틀 소리.

겨우 2~3시간, 길어야 4~5시간 잠을 청하고 온종일 일을 해야 했던 엄마는 그 와중에도 여섯 남매 옷을 손수 만들었다. 엄마의 얼굴을 올려다보기에 내가 너무 작았던 탓일까. 옷을 만들고 있던 엄마의 얼굴은 떠오르지 않는다. 실이 옷감 속으로 감겨 들어가는 소리와 페달을 밟는 엄마 발의 움직임만, 그 발 모양만 어렴풋이 떠오를 뿐이다. 엄마의 재봉틀 소리는 내가 잠결에 느끼는 엄마의 존재감 같은 것이었다. 그 소리를 마치 자장가처럼 들으며 잠이 들곤 했다. 당시, 자신의 두 발이 자신의 삶을 살아내기보다 자식 키우는 데 다 쓰일 것이라는 걸 엄마는 알았을까? 재봉틀을 가동하느라 매번 내딛는 엄마의 발은 항상 통증에 시달렸다. 지금도 엄마는 좀처럼 발을 쉽게 내버려두지 않는다. 다리가 심하게 아픈 날에도 물건을 조금 더 싸게 사기 위해 가까운 슈퍼보다 먼 재래시장을 택하고, 차비를 아끼기 위해 몸이 지탱하기 어려운 무게도 마다하지 않는다. 주름은 깊게 패고 남은 건 흰머리에 여기저기 삐걱거리는 몸일지라도 그녀의 발은 평생을 살아온 습관을 잊어버리지 않았다. 기꺼이 여섯 남매의 신발이 되어온 엄마. 누구나 그렇듯 "엄마" 하고 부르면 나도 가슴 가장 깊은 곳이 메어온다. 어려서 나는 머리에 과일을 이고 장사 나가는 엄마와 헤어지기 싫어서 울었다. 커서도 엄마 등을 보는 일은 여전히 가슴을 쓸어내리게 한다. 자식들에게 편안한 신발을 신겨주는 동안 그녀의 아름다움은 오래된 신발처럼 낡아갔다.

"엄마가 늘 그랬던 것처럼 나도 세상에서 가장 부드럽고 가장 가벼운 엄마의 신발이고 싶어요."

티에리와 에르베, 로랑은 내 엄마의 신발을 만들어주기로 했다. 보라색으로 할까, 빨강으로 할까, 아님 꽃무늬 모양 가죽으로 할까? 끈으로 묶는 게 좋을까, 지퍼 달린 게 편할까? 부드러운 밑창이 좋을까, 딱딱하고 단단한 밑창이 좋을까? 나는 수다쟁이가 되어 행복한 고민을 털어놓았다.

한 주가 흐른 뒤 아르포를 다시 찾았다. 에르베는 여전히 재봉틀과 작업대를 오가며 일하고 있었다. 그가 작업대에서 가죽을 자르고 있을 때 재봉틀 앞에 앉아봐도 되느냐고 물었다. 페달을 밟는 것도 바늘 꿰는 것도 해본 적 없는 내가 재봉틀 의자에 앉아서 할 수 있는 것은 아무것도 없었다. 그러나 어릴 적 한없이 높아 보였던 재봉틀 앞에 앉아보고 싶어졌다. 어쩌면 재봉틀에 앉아 일하고 있는 엄마의 얼굴이 떠오르지 않을까.

막 의자에 앉으려는 순간 티에리가 나를 불렀다. 내가 옆 작업실에 들어갔을 때 로랑은 신발의 형태를 잡고 있었는데 나는 그게 엄마의 신발이라는 것을 금방 알아차렸다. 이 작업은 이미 여러 차례 본 적 있었다. 하지만 엄마의 신발이 만들어지는 과정이라는 사실 때문에 남달랐다. 내가 직접 선택한 모양과 색깔대로 티에리가 재단을 하고, 내가 들려준 엄마 이야기를 떠올리며 에르베는 재봉틀로 각각의 가죽을 기웠다. 평지를 걸을 때는 살짝살짝 조이고, 발이 부었을 때는 표 나지 않게 늘어나도록 로랑은 신발에 숨을 불어넣었다. 엄마의 신발이 장인들의 손을 지나갔다. 굳은살 박인 손에 의해 다듬어졌다.

엄마의 신발 만드는 것을 지켜보느라 재봉틀 앞에 앉아보는 일을 까맣게 잊었다. 재봉틀 의자는 엄마의 몸이 잠시 기대어 쉬는 곳이었을까? 여섯 남매의 옷을 만드는 일이 고단한 마음을 위로하는 일이었을까? 걸으면서도 졸 때가 많았다던 엄마가 피곤할 때도 편안하게 몸을 누이지 않고 이 의자에 앉던 이유를 나는 아직도 이해하지 못한다.

다리가 아파 힘들어하는 엄마의 모습이 슬프다. 엄마가 세 사람이 만든 신발을 신고 걷는 모습을 상상한다. 이 신발을 신고 걸으면 엄마의 다리가 더 이상 아프지 않을지도 모르겠다.

심장으로 끌어안은
신발

　　　　　　　　　　로랑은 밑창 붙이는 작업을 하는 중이다. 발 모양의 모형과 밑창을 고정시키기 위해 그는 신발을 가슴에 안고 못을 박았다. 못을 내리칠 때마다 '아야' 하고 그의 심장이 외치는 것 같았다. "아프지 않아요?"라고 물었더니 로랑은 전혀 아프지 않다고 말하고는 다시 망치질을 했다.

땅과 가장 가까운 곳에 놓이는 밑창, 사람이 서서 땅을 밟을 수 있게 해주는 밑창, 걸을 때의 충격을 다 받아준다는 밑창을 붙이기 위해서 심장으로 끌어안고 망치를 두들겨야 한다는 것을 한 번도 생각해본 적이 없었다.

그러고 보니 신발 제작 과정은 하나하나가 다 편안함에 초점이 맞춰져 있었다.

재단을 하기 전, 티에리는 있는 힘껏 가죽을 잡아당긴다. 가죽이 조금이라도 늘어나거나 형태가 변형된 부분이 있으면 과감하게 버렸다. 가죽의 탄력은 신발의 편안함을 위해 중요하기 때문이다.

티에리는 마분지에 본뜬 것대로 신발의 조각들을 그려낸 다음 자도 없이 익숙한 솜씨로 가죽을 잘라냈다. 가죽의 조각조각이 신발 형태로 이어지려면 각각의 조각을 사포로 문지르거나 칼로 살짝 도려내는 작업이 필요하다. 티에리가 깎고 문질러 얇게 만든 가죽 조각들을 에르베가 넘겨받아 재봉틀로 박음질하면 신발 모양이 나타났다.

에르베의 작업이 끝나고 나면, 로랑이 박음질한 가죽을 찬물이나 미지근한 물에 30분 동안 담갔다가 꺼내 물기를 닦은 다음 2~3시간 정도 건조시켰다. 가죽을 탄력 있게 하고, 신발 형태의 볼륨을 만들기 위해 필요한 작업이었다. 로랑은 아직 완전히 건조되지는 않은 가죽을 가지고 각각의 발 치수에 맞게 형태를 만들었다. 이때 그는 신발 안에서 발이 편안하게 움직일 수 있도록, 가죽이 좀 더 탄력 있도록 몸 전체에 무게를 실어 작업했다. 이어서 가죽이 2~3일 정도 완전히 마를 때까지 기다리면 형태가 잡혔다. 이후 여러 단계의 밑창 작업을 걸쳐 마무리를 하면 하나의 완성된 신발이 탄생했다.

한번은 구두 굽을 만드는 티에리를 봤다. 그는 굽을 만들기 위해 한 시간째 기계 앞에 서 있었다. 단순한 동작이라 보기에는 그의 집중력이 예사롭지 않았다. 작업 모습을 카메라 속에 담기 위해 티에리 옆에 갔으나 오래 머물 수 없었다. 가죽 가루가 날려 코가 시큰거리고 눈이 매웠으며 호흡까지 곤란했다. 나는 겨우 몇 분 버티기도 어려웠는데 티에리는 굽을 간 후에 확인하고 또 갈기를 반복했다. 사람의 눈으로 측량하는 것이니 양쪽의 굽이 같을 수야 없겠지만 차이를 최소화하기 위해 그는 날리는 가죽 먼지에도 아랑곳없이 굽 하나에 공을 들였다. 만약 저 빨간 구두를 갖게 된다 할지라도 신을 수 없을 것 같았다.

"나는 눈이 아픈데 괜찮으세요?"

힘겨워 보이는데도 티에리는 웃으며 말했다.

연필로 신발 조각들을 그리고, 자도 없이 익숙한 솜씨로 가죽을 잘라내는 티에리의 손.
티에리에게 받은 가죽 조각을 에르베가 재봉틀로 박음질하면 신발 모양이 나타났다.

"습관이 돼서 괜찮아요."

우리들의 이야기

　　　　　　　　　　하루는 티에리에게서 전화가 왔다.

"오늘 점심 같이 먹을래요? 지금 어디예요?"

"아르포 옆에 있어요."

그다음부터 말이 꼬였다. 신발가게 이름 '아르포'를 티에리가 못 알아들었다.

"12시까지 가게로 갈게요."

내가 도착하자 티에리는 "아에로포르(aéroport, 공항)에서 이렇게 빨리 왔어요?"라고 묻는 게 아닌가. 도대체 영문을 몰랐다. 왜 이 질문을 하지? 그러다 순간 '아르포'가 '아에로포르'로 들렸다는 것을 알아차렸다. 틀림없이 내가 발음을 잘못했을 거라는 걸 알았지만 능청스럽게 말했다.

"티에리! 왜 그렇게 말을 못 알아들으세요."

내 마음을 읽은 에르베가 짐짓 내 편을 들어주었고 에르베 마음을 뻔히 들여다보는 티에리가 못 이기는 척 큰소리로 웃었다. 티에리와 로랑, 에르베가 있는 공간에서는 말을 못하는 것이 장애가 되지 않았다. 내가 말을 꺼내면 에르베는 언제나 일하던 손을 멈추고 나를 쳐다보며 말이 끝나기를 기다려주었다. 주어와 동사가 엉뚱하게 결합되어 이해할 수 없는 불어가 구사되면 티에리는 "지원! 프랑스말로 해줄래요?"라고 했다. "자! 우리 다시 시작할까요?"라 말하며 끊임없이 격려해주었다. 사람의 말을 귀담아들을 줄 아는 로랑은 '내가 불어를 정말 잘하나' 하는 착각이 들 정도로 내 말을 신통하게 알아들었다. 가끔은 제대로 된 불어로 티에리에게 통역을 해주는 황당한 상황이 연출되기도 했다.

하루는 티에리가 종이에다 내 이름을 써보라 했다. 그는 한글로 쓰인 이름이 재미있다며 따라 썼다. 그 밑에다 로랑도 따라 썼다. 이번에는 한국 주소를 써보란다. "이것도 써보실래요?"라는 내 말에 티에리는 "너무 길어요. 다음에 쓸게요"라고 말했다. 한국에 돌아온 후 한 통의 엽서를 받았다. 휴가 중인 티에리가 말레이시아에서 아내 소피아와 함께 보낸 것이었다. 엽서에는 한글 주소가 또박또박 적혀 있었다. 티에리는 지나가는 말처럼 했던 약속을 지켰다.

로랑의 작업대 위에는 다섯 살 난 아들 레옹(Léon)이 유치원에서 쓴 편지가 걸려 있었다. 이외에도 레옹의 흔적이 여기저기에 널려 있었다. 그런데 레옹의 편지 옆에 며칠 전 우리가 함께 썼던 내 이름이 걸렸다. 손가락으로 가리키며 로랑을 쳐다보자 그는 "우리들의 멋진 기억을 위하여" 하며 웃었다. 아무것도 아닌 종이가 로랑의 세심함에 특별한 종이가 되어 액자처럼 걸렸다. 함께한 시간은 서로에게 소중했고, 작고 사소한 것이 이곳 아르포에서는 언제나 커다란 기쁨으로 되돌아왔다.

세상을 여행하는 신발

"신발은 당신의 삶에서 뭐예요?"

에르베에게 물었다. 그는 선뜻 답하지 않았다. 그에게 있어 신발이 삶의 전부라는 것을 이미 충분히 느끼고 있었지만 다시 한 번 듣고 싶었다.

"생각을 좀 더 해볼게요."

에르베는 25년 전 아르포의 고객이었다. 가게에서 사 신은 신발이 아주 편해서 여기에서 신발 만드는 일을 하게 되었다고 한다. 2주가 흐른 뒤, 내가 건네준 노트에 에르베는 글을 써 내려갔다.

"내가 만든 신발은 세상 어디든지 여행할 수 있어요. 내가 더 이상 이 세상에 존재하지 않을 때에도 누군가는 내가 만든 신발을 신고 자유로운 여행을 할 거예요. 내게 있어 신발은 그것을 신고 있는 사람과 함께 세상을 여행하는 일이에요."

본드와 염색 약품이 묻은 손으로 펜을 잡고 글을 썼다. 가죽과 연장과 실이 잠시 그의 손을 떠났다. 이 짧은 문장을 써 내려가면서 그는 순박한 마음을 다 쏟아냈다.

손 위에 쓴 편지

시간이 빠르게 지나갔다. 한국으로 돌아가려면 한 달 하고도 며칠이 더 남았는데 내일 바로 떠나는 사람처럼 섭섭했다. 사

소한 것 하나도 놓치기 아까운 시간이었다.

티에리가 통화를 하며 주문서에 글을 적었다.

"글씨를 참 잘 쓰시네요, 난 악필인데"라는 내 말에 그는 커다란 공책을 펼치면서 글을 채워보라 했다. "이렇게 넓은 노트를 뭘로 다 채워요?"라고 했더니 티에리는 왼손을 공책 위에 올려놓고 오른손으로 손을 그리기 시작했다.

"자 이제 손 안의 공간만 채워보세요. 아님 손 밖의 공간을 채우든지."

넓은 공간이 좁아졌다. 나는 손 안에다 불어가 아닌 한국어로 글을 써 내려갔다.

리옹에 머무는 동안 당신들을 만난 것은 커다란 행운입니다. 아르포 문을 열고 들어오는 순간부터 오늘까지 당신들이 내게 베풀어준 배려와 가슴 가득한 정에 행복했습니다. 이제 제가 떠날 날이 얼마 남지 않았어요. 아주 많이 그리울 거예요. 프랑스를 떠올릴 때 동시에 떠오를 얼굴들……. 감사합니다. 당신들이 내게 준 웃음과 감동과 진실한 삶의 부피를 기억할게요. 나의 멋진, 정말로 근사한 친구들, 나는 당신들을 참 많이 좋아합니다. 당신들은 저에게 최고의 신발 장인이에요.

손 안에 쓰인 글이 무슨 뜻인지 물어보길래, "1년 후 다시 와서 말해줄게

"내가 만든 신발은 세상 어디든지 여행할 수 있어요.
내가 더 이상 이 세상에 존재하지 않을 때에도
누군가는 내가 만든 신발을 신고 자유로운 여행을 할 거예요."

요"라고 했다.

작업실에는 불규칙적으로 망치 소리와 재봉틀 소리가 났다. 여전히 세 사람의 손놀림은 분주하다. 끈이 다 해어진 가죽 가방이 들어왔다. 차마 버리지 못하고 고쳐 오래 쓰고 싶은 추억의 물건이 찾아왔다. 밑창 떨어진 신발이 걸어왔다. 시간의 여행 끝에 지쳐 돌아오는 것들이 그들의 손에서 생기를 되찾았다. 낯선 땅에 와서 용기를 잃거나 지쳤을 때 내가 그들에게서 기쁨과 힘을 얻었던 것처럼.

"지금까지 작업하는 모습만 찍었는데 오늘은 세 사람 모두를 한 장의 사진 속에 담고 싶어요."

그들은 잠시 일손을 멈추고 작업복을 벗고서 가게에서 포즈를 취했다. 티에리는 양손에 신발 한 짝씩 들어, 앉아 있는 로랑의 머리 위에 갖다 댔다. 로랑은 순식간에 신발 귀를 가진 토끼가 되었다. 세 사람이 의자에 앉았다. 에르베와 티에리가 신고 있는 신발을 가리키며 말했다.

"이거 내가 만든 신발이에요."

카메라는 신발의 편안함에, 장인의 자부심에, 그리고 소탈한 웃음에 핀을 맞췄다. 이후 내 발에도 그들이 만든 신발이 신겨졌다. 티에리와 에르베, 로랑과의 우정의 증표였다.

당신들이 만든 신발을 안고 지구 반 바퀴를 돌아왔습니다. 한국에 돌아와 제일 먼저 엄마에게 신발을 보여줬어요. 색이 고와서, 가벼워서, 발에 닿는 감촉이 좋아서 행복해요. 그리고 당신들이 베풀어준 따뜻한 정에 감사하대요. 고맙다는 말씀을 반복하네요. 서로 닮은 우리는 닮은 신발을 신고 있어요. 함께 거리를 걸었어요. 동시에 한 발 내밀며 웃었고요, 또 한 발 내밀고 다시 한 번 웃었어요. 신발은 엄마와의 아름다운 추억을 만들고 새로운 이야기를 써 내려갑니다. 엄마는 말했어요. 이제 더 이상 발이 아프지 않겠다고요.

작업복을 벗고서 카메라 앞에 포즈를 취하는 로랑과 에르베, 티에리(왼쪽부터).

| 박물관의 밤과 보자르 박물관 |

매년 5월 셋째 주 토요일 밤에는 유럽 각지에서 '박물관의 밤(La nuit des musées)' 행사가 열린다. 이날은 무료로 박물관에 들어갈 수 있다. 2001년 '박물관의 봄'이라는 이름으로 유럽 39개 나라가 협약서에 사인을 했다. 서명날인을 한 나라의 크고 작은 박물관이 대중에게 문을 활짝 열었다. 이 행사는 2005년에 '박물관의 밤'으로 다시 되살아났다. 박물관은 가까이 있지만 대중에게 너무 멀었다. 하지만 '박물관의 밤' 행사가 시작된 후로는 많은 젊은이와 가족이 함께 박물관을 찾는다. 5월 '박물관의 밤' 페스티발은 해 질 녘부터 새벽 1시까지 유럽의 국경마저 없애는 문화 행사가 되었다.

티에리 가족과 함께 찾은 보자르 박물관에는 입구부터 사람들이 꽉 차 있었다. 평소 보고 싶었던 박물관을 방문한다는 의미도 있지만 '박물관의 밤'을 즐기기 위해 온 사람들이 많아 보였다.

리옹 보자르 박물관

리옹 보자르 박물관(Le musée des Beaux-Arts de Lyon)은 유럽과 프랑스에서 가장 큰 박물관 중 하나로 1803년부터 대중에게 공개되었고, 1998년에는 전체적으로 개축이 되었다.

박물관을 둘러보면 규모에 깜짝 놀라게 된다. 무려 70개의 방으로 구성되어 있는데 각각의 방에는 골동품, 공예품, 조각품, 14세기에서 20세기까지의 미술 작품들로 가득하다. 전시장 가운데에 의자가 놓여 있어 사람들은 다리가 아프면 앉아서 작품을 감상하기도 한다. 고대 문명의 역사적 작품은 물론, 중세 시대의 정교한 미술과 조각들이 겸비되어 있으며, 5만 개 이상의 금속화폐와 메달 등도 한자리에서 만나볼 수 있다.

보자르 박물관에는 유럽 미술의 거대한 파노라마가 펼쳐져 있다. 뿐만 아니라 1년 내내 다양한 전시회와 문화 활동을 기획하여 많은 사람이 새로운 예술을 경험할 수 있는 기회를 제공한다. 리옹 보자르 박물관은 보면 볼수록 그 진가가 드러난다.

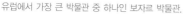

유럽에서 가장 큰 박물관 중 하나인 보자르 박물관.

초콜릿 명가, 베르나숑

이야기 초콜릿

　　겨울이 오면 리옹의 상점에는 금빛과 은빛으로 싸인 '파피요트(Papillote)'가 가득하다. 파피요트는 1년 중에 크리스마스 기간 동안 리옹과 리옹 근교에서만 출시되는 아주 특별한 초콜릿이다. 리옹 사람들은 파피요트를 먹으며 18세기를 살았던 한 사내의 사랑 이야기를 떠올린다.

　　"과자점에서 일하던 사내가 있었어요. 어느 날 위층에서 일하는 아름다운 여인과 마주치게 된 사내는 한순간에 사랑에 빠지고 말았어요. 사내는 그녀에게 어떻게든 자신의 마음을 전하고 싶었어요. 그는 사탕 포장지에 사랑의 편지를 써서 매일같이 여인에게 보냈어요. 이 사실을 알게 된 과자점 사장은 초콜릿을 싸는 종이에 시나 잠언을 써넣어 파피요트 초콜릿을 만들었어요. 초콜릿을 싸는 포장지를 불어로 '파피요트'라고 하는데, 이 초콜릿 이름은 여기에서 온 거예요."

내 탁자에도 '파피요트'가 놓였다. 초콜릿을 싸고 있는 포장지를 열 때마다 여자가 사내의 편지를 열어보는 장면을 떠올리며 시나 잠언을 읽었다. '이야기가 있는 초콜릿'은 아주 매력적으로 다가왔다. 이때부터 초콜릿 가게를 찾아다녔다. 연이 닿은 곳은 '베르나숑(Bernachon)'이었다.

현재 베르나숑을 맡고 있는 필리프 베르나숑은 캐나다 출장 중이었다. 대신 나를 맞이해준 사람은 쇼콜라티에 파스칼이었다. 파스칼과 이야기를 나누고 있을 때 한 사람이 지나갔다. '베르나숑' 초콜릿 가게는 아틀리에를 일반인에게 공개하고 있던 터라 그는 낯선 내게 큰 관심을 보이지 않았다. 가벼운 눈인사를 나누었을 뿐이다. 아틀리에를 한 바퀴 둘러보고 그는 금방 자리를 떠났다. 그러자 파스칼이 내게 말했다.

"저분이 장자크 베르나숑이에요. 요즘 건강이 좋지 않으세요."

몸이 아프면서도 아틀리에를 둘러보는 그가 인상적이었다.

"폴 보퀴즈의 사위인 건 아시죠?"

나는 깜짝 놀랐다. 내가 찾아간 곳이 리옹에서 유명한 줄 모르고 있었다.

"모리스 베르나숑의 아들 장자크와 폴 보퀴즈의 딸 프랑수아가 결혼할 때 리옹이 떠들썩했어요."

파스칼은 나에게 케이크 '프레지당(Le Président)'에 얽힌 일화를 들려주었다. '프랑스 최고의 요리사'인 폴 보퀴즈가 발레리 지스카르 데스탱(Valéry Giscard d'Estaing) 전 프랑스 대통령으로부터 '레지옹 도뇌르(Légion d' honneur)' 훈장을 수여받던 날(1975년)의 일이다.

"이날 폴 보퀴즈는 디저트로 모리스 베르나숑의 '프레지당' 케이크를 내놓았어요. 대통령은 프레지당 케이크를 아주 맛있게 먹었대요. 폴 보퀴즈가 만든 최고의 요리를 배불리 먹은 후에도 디저트를 더 달라고 했대요. 이 말이 전해지자마자 베르나숑에는 프레지당 케이크를 찾는 사람들로 인해 발 디딜 틈이 없었어요.

이후 밸런타인데이, 크리스마스, 부활절 등 축제 기간 동안 하루에 1000명 이상이 베르나숑을 방문했어요. 2000여 개의 소포를 전 세계로 보내야 했던 모리스와 장자크는 이제 더 이상은 만들 수 없다며 행복한 비명을 질렀어요. 성공 비결을 묻는 기자에게 모리스는 말했대요. '내가 가장 잘할 수 있는 일을 할 뿐'이라고요."

모리스 베르나숑

파스칼은 계속 이어서 말했다.

"모리스는 열네 살 때부터 과자점에서 일했어요. 20년 후엔 자신의 이름을 내건 초콜릿 가게 '베르나숑'을 열었고요. 그들은 아들 장자크 베르나숑에 이어 손자 필리프 베르나숑까지 3대에 걸쳐 초콜릿의 고유한 맛을 이어오고 있어요. 60년 전통의 초콜릿 명가이지요.

모리스가 개발한 초콜릿 맛은 빠르게 입소문을 탔고 리옹과 리옹 근교 사람들의 입맛을 순식간에 사로잡았어요. 파리는 물론 뉴욕과 도쿄에서 지점

할아버지 모리스 베르나숑과 아버지 장자크 베르나숑에 이어
베르나숑 초콜릿의 고유한 맛을 이어오고 있는 필리프 베르나숑.

을 개설하자는 제의가 쇄도했어요. 그러나 모리스는 그들의 요구를 번번이
거절했어요. 모리스가 부와 명예의 지름길이 될 수 있는 모든 유혹을 일언
지하에 거절한 이유는 아주 간단하고 명료했어요. 베르나숑 초콜릿의 '유일
한 맛'을 지키기 위한 모리스의 고집 때문이었어요. 맛에 대한 모리스의 신

세계적인 초콜릿 명가 '베르나숑'은
자신들의 유일한 맛을 지키기 위해 부와 명예의
지름길이 될 수 있는 유혹을 거절해왔다.

리옹, 예술이 흐르는 도시 • 꿈을 만드는 장인들

념으로 인해 베르나송은 전 세계에서 리옹 6지구 플랑클린 루즈벨트 42번가 딱 한 곳에만 존재해요.

모리스는 세계 각지에서 엄선된 최상의 카카오를 선별해 들여와, 매일같이 직접 카카오빈(카카오콩)을 볶았어요. 적절한 비율에 따라 각 나라의 카카오빈을 혼합하고 여기에 고급스럽고 신선한 에쉬레 버터(Beurre d'Échiré)와 이지니 크림(Crème d'Isigny)을 첨가했어요. 에쉬레 버터는 리옹 인근 해안 지역에서 만들어지는 것으로 버터 중에서도 최고급이에요. 보통 포도주나 치즈에만 국한되어 있는 원산지 증명 등급을 이례적으로 버터에 부여함으로써 더 유명해졌어요. 프랑스 사람 대부분은 자기 지역에서 나는 음식을 좋아해요. 모리스도 예외가 아니었어요. 그는 카카오를 제외한 다른 모든 재료를 리옹과 리옹 근교에서 구했어요."

맛에 정직했던 모리스의 성품으로 봐서 지점을 만드는 일은 처음부터 불가능했을 것이다. 베르나송은 품격 있는 향과 맛으로, 세계 각지에 지점을 개설한 다른 초콜릿 가게 못지않게 유명세를 떨치고 있다.

"모리스는 초콜릿의 맛과 향은 물론 초콜릿의 예술성에도 심혈을 기울였어요."

파스칼은 맛을 보라며 초콜릿 하나를 건네주었다. 초콜릿이 입안에서 사라질 때까지 다양한 맛이 났다.

"맛과 향이 지니는 식감이 탁월해요. 마치 미각세포 하나하나를 살아나게 하는 것 같아요. 맛이 기분 좋게 오묘해요."

정말 그랬다. 맛은 심오하고 풍부하기 그지없었다. 휴식 같았다. 부드러운 단맛, 끌리는 신맛, 향기로운 쓴맛을 하나의 초콜릿에서 느끼는 것은 색

다른 경험이었다. 맛을 돋우어주는 초콜릿 향 또한 깊고 그윽하긴 매한가지였다.

그다음 주에 드디어 필리프 베르나숑을 만나 이야기를 나누었다. 나는 그에게 왜 베르나숑의 꿈꾸는 쇼콜라티에들을 만나고 싶은지에 대한 간곡한 마음을 전했다. 그는 결국 아틀리에에 들어갈 수 있는 다섯 번의 기회를 달라는 나의 요청을 받아들였다.

초콜릿 바다의 고래

베르나숑의 쇼콜라티에들을 보러 갔다. 그들이 한자리에 모여 내는 소리는 '행복의 소리'였다. 표정은 기쁨으로 충만해 있었다. 초콜릿에 마법가루라도 들어가 있는 걸까? 서로의 꿈을 나누며 자신의 일을 '사랑스러운 일'이라고 입을 모으는 사람들에게서 행복이 전염되는 듯했다.

열여덟 살에 모리스 베르나숑과 함께 일을 시작한 로랑스는 이제 쉰아홉 살이 되었다. 40여 년 동안 그녀의 손은 30~40도의 초콜릿 속에 담겨져 있었다.

키가 작으며 선하고 고운 미소를 가진 로랑스는 팔레도르(Palet d'or) 초콜릿을 만드는 중이었다. '금의 조약돌'이라 불리는 이 초콜릿을 만들기 위해 초콜릿 크림인 가나슈(Ganache)를 다크 초콜릿에 담근 후 건져냈다. 초콜릿의 온도를 일정하게 유지하기 위해 계속해서 초콜릿을 휘젓는 그녀의 손을 가만히 보고 있으니 그 손이 마치 초콜릿이라는 망망대해를 항해하다 튀어오르는 암갈색 고래 같았다. 고래의 움직임에 파도가 춤을 추듯 손의 움직임에 따라 초콜릿이 춤을 췄다. 때로는 천천히, 때로는 강렬하게……. 고래는 초콜릿 위를 올라왔다가 사라지고, 사라졌다가 다시 나타났다. 손이 초콜릿 바다에서 요동쳤다. 로랑스 손은 베르나숑의 유일한 맛 안에서 뛰어오르고 다시 뛰어오르고 있었다.

실비가 사진을 하나 보여주었다. 거기에는 20대의 로랑스가 초콜릿을 만들고 있었다. 로랑스 삶의 역사는 베르나숑의 역사 위에서 쓰였다. 로랑스뿐만이 아니었다. 고개를 돌리는 곳곳에서 초콜릿에 빠져 사는 쇼콜라티에가 보였다.

실비는 오렌지만큼이나 상큼하고 시원시원한 웃음을 지녔다. 실비는 설탕에 졸인 오렌지 껍질에 초콜릿을 코팅하여 굳힌 오랑제트(Orangette), 피스타치오와 아몬드가 들어 있는 메티(Métis), 체리에 초콜릿을 묻힌 그리오트(Griotte), 아몬드에 꿀을 묻혀 석쇠에 구운 뒤 다크 초콜릿을 입힌 미니 아망딘(Mini-Amandine) 등 베르나숑에서 만들어지는 다양한 초콜릿의 맛을 가르쳐주었다.

로랑스, 실비, 파스칼, 프레드릭 등 쇼콜라티에들과의 대화가 깊어질수록 나는 그들의 가슴속에 자리한 자부심에 물들어갔다.

"초콜릿은 맛의 여행이에요. 초콜릿이 입안에 있을 때 카카오 산지에서 불어오는 바람과 햇빛이 느껴져요"라고 말하는 토니는 말수가 별로 없었고, "어릴 적 가게 윈도우에 진열된 초콜릿을 보면서 늘 감탄하곤 했어요. 그래서 쇼콜라티에가 된 거예요. 초콜릿은 나에게 열정이고 일상이에요. 다른 사람에게 기쁨을 주는 도구이기도 해요"라고 말하는 파브리스는 진지한 성격이었다. 한 사람 한 사람 이야기를 나누는 동안 필리프 베르나숑의 말이 떠올랐다.

"내 열정의 근원은 할아버지와 아버지, 그리고 두 분과 함께 일하며 지금까지 베르나숑을 지켜주고 계신 많은 분들에게서 비롯된 거예요."

그가 그렇게 말했던 이유를 알 수 있었다. 모두가 각각의 열정을 품고 함께, 라는 기쁨을 누리고 있었다. 베르나숑은 진정성으로 고객의 입맛을 만족시켰다. 베르나숑은 쇼콜라티에들이 평생 항해할 수 있는 초콜릿 바다였다. 베르나숑 아틀리에에는 "내가 가장 잘할 수 있는 일을 할 뿐이에요"라는 모리스 베르나숑의 말이 메아리처럼 울려 퍼졌다.

무한한

맛의 세계

초콜릿 장인들은 각자의 기술로 카카오빈을 선별하고 볶고 혼합 분쇄하여 페이스트를 만든다. 매우 까다로운 작업이기는 하지만 이것은 고유한 맛을 창조해내는 데 결정적인 요소다. 파스칼은 '베르나숑' 아틀리에에서 초콜릿 맛을 결정짓는 바로 이 공정에 참여하고 있다는 사실에 뿌듯해했다. 요즈음에는 카카오빈을 직접 볶는 아틀리에가 그리 많지 않다는 것도 귀띔을 해주었다. 그는 내가 카카오빈 냄새를 맡을 수 있게 배려해주었고 초콜릿 세계로 들어갈 수 있도록 문을 열어주었다.

"카카오나무(Cacaoyer) 열매를 카보스(Cabosse)라 해요. 카보스를 칼이나 돌로 깨보면 30~50개 정도의 카카오빈이 들어 있는데 이게 초콜릿의 주원료예요. 주로 생산지에서 카카오빈의 발효와 건조가 이루어지고 이 과정에서 향과 맛이 결정되기 때문에 카카오빈 품종을 선별하는 일은 매우 중요한 작업이에요. 발효되는 과정에서 카카오빈이 가지고 있는 쓴맛은 감소하고 고유의 향이 생성되는 거예요. 이때 색이 흰색과 자색에서 적갈색으로 변해요. 카카오빈은 약 60퍼센트의 습기를 내포하고 있어요. 햇빛이나 건조장 안에서 건조 과정을 거치면서 7퍼센트까지 습기를 감소시켜요. 이때 좋은 향을 위해 카카오빈을 뒤집어가며 건조시켜야 해요."

카카오빈을 어떻게 배합하느냐가 초콜릿의 맛을 전적으로 결정한다는 사실은 매우 흥미진진했다. 지금까지도 무수히 많은 맛이 창조되었지만 앞으로도 얼마든지 새로운 맛이 창조될 가능성이 많다는 말로 들렸기 때문이다. 각기 다른 땅에서 재배되고 발효된 카카오빈은 종류만큼이나 맛이 다양하다. 혼합 비율에 따라 맛이 달라지기도 한다. 아직 개발될 수 있는 맛이 무궁무진하다는 말로 들렸다. 그야말로 '맛의 보고'라는 생각이 들었다.

그런데 여기서 끝이 아니었다. 카카오빈을 볶고 빻고 혼합하고 정련하고 템퍼링(Tempérage, 초콜릿을 녹이고 식히며 안정적인 결정체를 만드는 것)을 할 때의 시간과 온도도 사람이나 책의 내용에 따라 다르다고 파스칼은 말했다.

"일반적으로 카카오빈을 140도에서 40분 정도 지속해서 볶아요. 이때 껍질이 벗겨진 알맹이를 카카오니브(nibs, 배유)라고 해요. 카카오니브는 55퍼센트의 카카오케익과 45퍼센트의 카카오버터로 구성되어 있어 이것을 갈면

베르나숑의 초콜릿은 고유한 맛을 내기 위해 카카오빈을 선별해
볶고 혼합 분쇄하여 페이스트 상태의 반죽을 만들고, 카카오버터를 추출해내고,
70도의 온도를 유지하면서 약 12시간 동안 천천히 섞는
복잡한 과정을 거쳐서 태어나고 있었다.

리옹, 예술이 흐르는 도시 • 꿈을 만드는 장인들

페이스트 상태의 반죽으로 변해요. 이것이 바로 카카오매스예요."

파스칼은 압착기를 이용해 카카오매스에서 카카오버터를 추출해냈다. 카카오버터가 제거된 고형물인 카카오케익을 가루로 빻은 것이 겨울철에 우리가 즐겨먹는 코코아였다. 물을 넣지 않고도 반죽이 만들어진다는 게 흥미로웠다. 땅에서 빨아들인 물로 카카오버터를 생성하는 카카오 열매에서 새삼 자연의 신비마저 느껴졌다.

"초콜릿은 70도의 온도를 유지해 약 12시간 동안 천천히 섞는 정련 과정을 거치면서 조직이 세밀하고 부드러우며 균질성을 가지게 되고, 초콜릿 향이 증가되는 거예요. 템퍼링 과정을 통해 카카오버터의 가장 안진한 결정체가 만들어져요. 이 과정에서 카카오버터의 분자가 균일하게 되고 광택이 나는 거예요."

입안에서 순식간에 녹아버리는 초콜릿은 복잡한 과정을 거쳐서 태어나고 있었다. 한국말이 아닌 불어로 접했기 때문에 초콜릿 만드는 과정은 더더욱 어려웠다. 파스칼의 도움이 없었다면 이해하는 것이 불가능했을 것이다.

빨간 사과

과일 가게에서 빨간 사과를 샀다. 아틀리에에 들어가 눈이 마주치는 쇼콜라티에에게 사과를 건넸다. 필리프와 약속한 마지막 날이었다. 한 달 전 필리프에게 다섯 번의 방문 기회를 허락해달라고 부탁했는데, 그날이 그 다섯 번째 방문 날이었다.

여러 쇼콜라티에와 함께 얘기를 나누면서 초콜릿의 풍부한 맛과 향을 즐기는 방법을 배웠다. 모리스 베르나숑의 맛에 대한 고집을 알게 되었으며 그 정신을 이어가는 장자크 베르나숑과 필리프 베르나숑의 뜻을 만났다. 로랑스를 비롯한 쇼콜라티에들의 웃음과 열정의 씨앗이 내 가슴에 뿌려진 시간이었다. 초콜릿이 어떻게 만들어지는지 지켜보면서 매번 나의 눈길을 끈 것은 초콜릿 만드는 사람들의 눈빛이었다. 사랑하는 사람을 바라보듯, 신의 음식이라 불리는 초콜릿을 대하는 그들의 마음이었다. 무뚝뚝하지만 친절한 크리스토프, 시원시원한 세드릭, 수줍은 미소를 띤 미카엘 등 아틀리에의 장인들이 행복한 마음으로 초콜릿을 만들기 때문에 사람들은 베르나숑의 맛에서 행복을 만끽하는 게 아닐까.

미카엘이 왜 사과를 주느냐고 묻길래 감사의 의미라고 했더니 "한국에서는 고마우면 빨간 사과를 주나요?"라고 되물었다. 그게 아니라고 설명하려다 그냥 웃었다. 내가 다섯 번째 방문했다는 걸 알고 있던 미카엘은 아직도 한국 사람들은 고마운 마음을 전할 때는 빨간 사과를 준다고 생각할지도 모르겠다.

초콜릿을 볼 때마다 베르나숑 초콜릿이 떠오르고 이내 달콤 쌉싸름한 향기가 코끝을 스쳐갔다. 베르나숑 초콜릿은 내게 그리운 맛이 되었다.

한 달 후 장자크 베르나숑이 세상을 떠났다는 기사를 읽게 되었다. 아틀리에를 거닐던 그의 모습이 아련하게 떠올랐다. 주문이 물밀듯 밀려와 이제 더 이상은 만들 수 없다며 행복하게 웃던 모리스 베르나숑과 장자크 베르나숑은 지금 어떤 이야기를 하고 있을까?

필리프 베르나숑과 초콜릿 맛에 대해 이야기할 때, 또 초콜릿을 만드는 쇼콜라티에들의 열정을 만나고 있을 때 나는 자주 모리스 베르나숑을 만났다. 모리스 베르나숑과 장자크 베르나숑은 이미 세상을 떠났으나 그들의 철학은 그의 가족과 동료들에 의해 여전히 살아 숨 쉬고 있다. 초콜릿 명가 베르나숑에서 맛의 발자취를 쫓아 걷는 일은 가슴 뜨거운 경험이었다.

| 세기의 요리사, 폴 보퀴즈 |

리옹은 세계 미식가의 수도다. 이런 타이틀을 얻게 된 데에는 두 가지 이유가 있다.

하나는 폴 보퀴즈(Paul Bocuse), 으제니 브라지에(Eugénie Brazier), 조르주 블랑(Georges Blanc), 필리프 조브로(Philippe Gauvreau), 마티외 비아네(Mathieu vianney)처럼 세계적인 여행 정보서인 『미슐랭 가이드』로부터 높은 별점을 부여받은 유명한 요리사가 많이 있기 때문이다.

그중에서도 '요리의 교황' 폴 보퀴즈는 리옹의 자랑이다. 리옹 근교의 콜롱주 오 몽 도르(Collonges au Mont d'Or)에서 태어난 폴 보퀴즈는 프랑스 최고의 요리사로 꼽힌다. 1965년 『미슐랭 가이드』로부터 평점 별 세 개(최고점)을 부여받은 이후 지금까지 계속해서 별 세 개를 받고 있을 뿐 아니라 1972년 창간된 미식 가이드 『고미오(Gault-Millau)』로부터 '세기의 요리사', '요리의 아버지'라는 별칭을 얻기도 했다. 1975년에는 엘리제궁에서 대통령으로부터 훈장을 수여받는 영예를 가졌던 그는 1987년 세계적인 요리경연대회 '보퀴즈 도르(Bocuse d'Or)'를 창설하여 매년 주최하고 있으며, 리옹에 보퀴즈 요리학교를 설립하여 인재들을 배출하고 있다.

요리사 폴 보퀴즈의 업적은 괄목할 만하다. 물론 이러한 것이 쉽게 이루어진 것은 아니다. 폴 보퀴즈가 가장 중요하게 생각한 것은 재료의 신선함이었다. 그는 맛있는 요리와 최상의 서비스를 제공하기 위해 노력을 아끼지 않았다.

리옹이 세계 미식가의 수도가 된 또 하나의 이유는 생선, 육류, 채소 등 최고의 식재료를 제공받을 수 있는 위치에 있다는 점이다. 좋은 재료를 요리의 생명으로 여기는 폴 보퀴즈는 다음과 같이 말한 바 있다.

"당신이 요리로 성공하고 싶다면 오베르뉘(Auvergne)와 브레스(Bresse) 혹은 손 강과 론 강이 있는 리옹 근처에 자리를 잡아라. 이것이 즐거운 식탁을 제공할 수 있는 모든 조건이다."

유명 요리사들의 철학이 깃들어 있는 리옹 요리를 맛보고자 하는 미식가들이 세계에서 몰려드는 것은 당연해 보인다.

여기에 보태어 리옹에는 소나 돼지의 내장으로 만들어진 리옹의 명물 전통요리가 있다. 타블리에 드 사푀르(Tablier de sapeur), 로제트 드 리옹(Rosette de lyon), 앙두이에트(Andouillette), 크넬(Quenelle), 그라통(Grattons) 등인데, 이 같은 리옹의 전통요리를 먹을 수 있는 레스토랑을 부숑(Bouchon)이라 한다. 부숑에서 먹을 수 있는 리옹 전통요리를 일컬어 '부숑 리오네'라 지칭하기도 하는데 메르시에 거리, 비우리옹 거리, 마로니에 거리에 즐비해 있는 레스토랑에서 맛볼 수 있다.

현악기 만드는 뤼티에,
클로드

뤼티에와 나무

오래된 현악기를 복원하거나 새로운 현악기를 제작하는 장인을 뤼티에(Luthier)라 한다. 내가 본 뤼티에는 '나무의 숨결을 읽어내는 사람', 모진 추위를 견디며 자란 나무의 수천수만 번 숨 속에서 가장 고른 숨을 찾아내고 그것을 소리로 태어나게 하는 사람이었다. 그것을 위해 뤼티에는 자신의 숨을 나무에 불어넣고 자신의 삶을 쏟아부었다. 뤼티에의 손에 의해 만들어지는 바이올린은 저마다 다른 소리를 낸다. 똑같은 소리를 내는 것은 불가능하다. 그만큼 바이올린은 아주 작은 차이에도 민감했다.

"나무에 따라 소리가 달라요. 같은 나무라도 아랫부분인지 윗부분인지에 따라 그 소리가 다르고요."

　나무는 나이테의 밀도 속에 세월을 품고 있다. 태양을 깊숙이 빨아들이거나 긴 호흡으로 반사하면서 숨의 결을 제 몸에 그려왔다. 당연히 밤낮의 숨소리가 다르고, 계절에 따라 자라는 속도가 달랐다. 그렇다면 나무 한 그루가 가지고 있는 숨이란 게 과연 헤아릴 수 있는 것일까?

　뤼티에인 클로드(Claude)는 그 안에서 길을 찾고 있었다. 그리고 나는 그 과정을 숨죽이며 지켜보았다. 바이올린 제작은 눈으로 보는 것, 귀로 듣는 것, 손으로 만져지는 것, 그 이상의 감동을 안겨주었다. 신비로운 바이올린의 세계에 풍덩 빠져들었다.

울림판

　　　　　　　　　대패가 나무 위를 지나갔다. 클로드의 손끝이 나무의 내력을 감지했다. 대패가 지나간 자리마다 클로드의 지문이 찍혔고 그 흔적은 대패에 의해 다시 지워졌다. 대패질은 뤼티에와 나무의 언어였다. 그들의 말 속에서 섣불리 이루어진 것은 아무것도 없었다.

　시나브로 깎여나가는 톱밥의 빛에 눈이 부셨다. 입김에 날리는 나뭇가루들이 별처럼 반짝거렸다. 나무가 자라면서 수십 년 동안 만끽했던 햇살들이 클로드의 대패질에 일제히 흔들렸다. 빛을 받아들이는 '결'과 빛을 반사하는 '결'로 엮인 나무는 지나간 시간을 또렷하게 기억해냈다.

　화가의 눈이 백지 위의 그림을 보듯이 뤼티에는 통나무에서 바이올린의

대패가 지나간 자리마다 클로드의 지문이 찍혔고 그 흔적은 대패에 의해 다시 지워졌다.
대패질은 뤼티에와 나무의 언어였다.

형태를 보고 나무 속 숨겨진 악기를 꺼냈다. 나무의 가장 드높은 모습을 끄집어냈다. 가끔씩 호흡이 멈추는가 싶더니 시간을 잊어버리고 몰입하는 클로드 옆에 앉아 나도 시간을 잊어버렸다.

울림통이 침묵 속에서 탄생되었다. 그가 잠시 손을 내려놓았을 때 나는 가슴 깊은 감동의 말을 봇물처럼 쏟아냈다.

"클로드, 빛에 반짝이는 톱밥이 어쩜 이렇게 아름다울 수 있나요? 보세요. 당신도 느끼나요?"

톱밥의 아름다움에 목소리가 격양됐다. 클로드는 "내가 톱밥을 보며 좋아하는 단계는 지났지요" 하며 웃었다. 그는 통나무에서 형태를 드러낸 뒷울림판을 불빛에 비춰 보여줬다. '아! 나무의 결이 이렇게 아름다울 수 있구나!' 통나무에서 나온 뒷울림판을 보는 일은 황홀했다. 뒷울림판이 드러나는 동안 클로드의 몸은 온통 톱밥을 덮어썼다. 앞치마와 소맷자락과 안경에 묻은 톱밥들이 숭고해 보였다.

"실수로 대패질을 과하게 하면 어떻게 되나요?"

"처음부터 다시 시작해야 해요."

클로드의 연장은 단 한 번도 나무 위를 무심하게 지나가는 법이 없었다. 클로드는 대패질하던 손을 멈추고 앞울림판을 양손으로 잡더니 앞뒤로 움직였다. 나무가 숨을 잘 쉬고 있는지 제대로 길을 찾고 있는지 손끝으로 느끼는 중이었다.

클로드는 앞울림판과 뒷울림판을 측면으로 보여주며 손으로 만져보라고 했다. 그러고선 뒷울림판의 곡선을 가리키며 "태양이 떠오르고 지는 것 같지 않나요?"라고 말했다. 또한 F홀이 있는 앞울림판을 만지며 "생명을 일구는 대지가 느껴지지 않나요?"라고 물었다. 클로드의 손끝은 울림판에서 태양과 대지를 읽고 있었다.

　오래도록 나무의 숨길을 찾다가 클로드의 심장은 가슴이 아닌 열 손가락 끝에도 생겼나 보다. 클로드의 손은 눈에 보이지 않는 것까지도 민감하게 감지했다. 그는 결코 서두르지 않고 나무의 들숨과 날숨을 헤아렸다. 하나의 바이올린을 만드는 일에는 무서운 집중력이 필요했다. 몇 시간째 꿈쩍도 하지 않고 앉아 나무를 깎아내는 그는 큰 바위를 닮았다. 비바람이 육안으로 확인할 수 없는 미세함으로 바위를 서서히 깎아내듯이 클로드의 연장은 나무를 베어냈다. 좋은 소리를 품고 제 모양을 갖출 때까지 작업을 멈추지

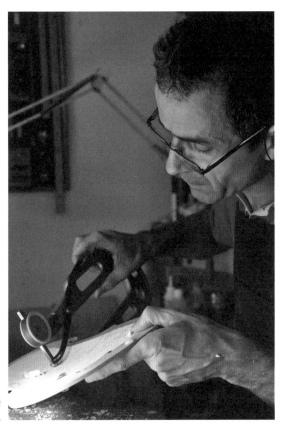

하나의 바이올린을 만드는 일에는
무서운 집중력이 필요했다.

않았다. 그의 손에서 한참 다듬어진 앞울림판을 양손으로 잡고 그처럼 앞뒤
로 움직여보았다. 무엇도 느끼지 못했다. 나무가 이방인에게 제 숨을 쉽게
보여줄 리 만무했다. 나는 여기저기 톱밥이 묻은 앞울림판의 부드러운 질감
을 느끼며 가만히 등을 쓰다듬어주었다.

소리의 지도

바이올린 제작은 거대한 수수께끼와 같다. "왜?"라는 질문에 되돌아오는 대답은 매번 나를 소스라치게 놀라게 했다. 바이올린 앞울림판 가장자리에 흑단을 삽입하는 필레(filets) 작업이 있던 날이다. 클로드는 앞울림판의 홈을 파내고 있었다.

"필레 작업이 왜 필요한 거예요?"

가장자리를 장식하기 위한 것이라 하기에는 필레 작업이 너무 수고스러워 보였다. 규격에 맞게 홈을 파내는 일에 심혈을 기울여야 했고, 거기에 들어가는 흑단에 열을 가하여 둥글게 휘는 작업 또한 만만찮아 보였다.

"앞울림판에 넣은 흑단은 나무의 결이 손상되는 것을 막아줘요. 외부로부터 가해지는 충격에서 바이올린을 보호하는 기능을 하는 거예요. 그렇지만 필레 작업의 가장 중요한 역할은 소리를 모아주는 데 있어요. 앞울림판 밖으로 소리가 빠져나가지 못하도록 필레가 소리를 보듬어주는 역할을 해요."

"공명통의 허리 부분은 왜 잘록하게 들어가게 만들어요?"

옆울림판 제작 과정에서 생긴 의문이었다. 울림통에서 활이 지나가는 부분은 내부를 향해 C자 모양으로 움푹 파여 있는데 그냥 둥근 모양 그대로 두면 안 되는 걸까?

"허리 부분을 잘록하게 만드는 것은 활이 울림통에 닿지 않고 자유자재로 움직일 수 있도록 하기 위해서예요."

바이올린의 곡선미는 아름다움을 나타내는 줄만 알았다. 아니었다. 앞울림판의 소리를 모아주기 위해 필레 작업을 하고, 활의 움직임을 자유롭게 하기 위해 허리 부분이 잘록하게 들어간다는 것을 알게 되면서 바이올린에 대한 호기심은 점점 더 커져갔다.

'오늘은 오후 2시부터 F홀을 만들 거예요.'

며칠이 지나 클로드의 문자를 받고 아틀리에를 다시 찾았다.

공명통 안의 진동을 밖으로 내보내는 역할을 하는 울림구멍은 F자 모양이다. 그래서 이를 F홀이라고 부른다. 그런데 어째서일까? 기타처럼 동그랗거나 괄호 모양이면 안 되는 걸까?

"울림구멍은 왜 F자 모양이에요?"

"브릿지(줄버팀목)를 통해 소리가 내부로 전달되었을 때, 몸체 윗부분의 좁고 긴 공간을 치며 공명하는 소리의 속도와 아랫부분의 넓고 짧은 공간을 치며 공명하는 소리의 속도가 비슷해야 해요. 소리가 울림통 안을 다 돌 수 있도록 설계되었는데, 울림구멍이 F자 모양인 게 가장 적합했던 거지요."

바이올린이 가진 모든 형태와 모양은 과학적이고 소리와 깊은 관계가 있었다. 클로드의 말끝에는 항상 나의 감탄사가 따라다녔다. 클로드의 아틀리에를 가기 위해 테로 광장에 들어서면 가슴이 두근거렸다. 오늘은 또 어떤 점이 나를 놀라게 할지, 나는 또 어떤 질문을 하게 될지 궁금했다.

손잡이 조각이 끝나가고 있었다. 클로드가 줄감개(cheville)를 틀에 있는 구멍에 끼웠다 다시 꺼내더니 입술에 갖다 댔다. 그러고는 줄감개를 끌로 조금 다듬었다. 클로드는 같은 동작을 계속해서 반복했다.

"왜 줄감개를 입술에 갖다 대는 거예요?"

"열을 감지하기 위해서예요. 입술은 가장 민감하게 온도의 차이를 느낄

수 있어요. 줄감개를 틀에 감을 때 구멍과의 마찰이 생겨요. 이때 양쪽 구멍의 온도가 같아야 해요. 어느 한쪽이 더 뜨거우면 그 면을 더 다듬어내면서 양쪽의 열이 비슷하도록 맞춰주는 거예요. 양쪽의 열이 다르면 음에 영향을 미쳐요."

머리 부분의 장식을 제외하고 줄감개와 지판을 비롯한 바이올린 대부분의 요소가 소리와 밀접한 관계를 가지고 있었다.

"바이올린에서 현의 울림을 전달하는 데 무엇보다 중요한 역할을 하는 것은 바로 람므(L'âme)와 베이스바(La barre d'harmonie)예요."

람므(L'âme)는 불어로 '영혼'이라는 뜻이다. 우리나라에서는 이를 혼이 담긴 기둥이라는 뜻으로 '혼주'라 부른다. '울림기둥' 혹은 '버팀 막대'라 부르기도 한다.

"람므는 앞울림판의 소리를 뒷울림판으로 전달하는 기능을 해요. 베이스바는 앞울림판의 진동을 보존하여 진동에너지가 몸체에 골고루 배분될 수 있도록 도와줘요."

소리에도 분명 길이 있었다. 현에 활을 대고 마찰함으로써 생긴 진동이 F홀을 통해 앞울림판에 전달되면, 필레 작업을 한 흑단에 의해 소리가 모아졌고 베이스바에 의해 소리는 균일하게 분산되었다. 소리는 울림기둥에 의해 뒷울림판에 전달되었고, 다시 F홀을 나왔다. 이때 F홀의 아랫부분을 돌아 나오는 소리의 속도와 윗부분을 돌아 나오는 소리의 속도는 같았다. 바이올린 제작은 정교한 과학이었다.

클로드의 아틀리에 풍경.

바이올린 안의
우주

'바이올린의 칠은 영원히 마르지 않는다'는 클로드의 말에 가슴이 떨렸다.

"바이올린 제작에서 마지막 과정은 완성된 바이올린에 칠을 하는 베르니(Vernis) 작업이에요. 칠은 나무에 스며들고 나무는 칠을 빨아들이면서 분명 마르긴 말라요. 하지만 칠은 숨구멍을 남겨 바이올린이 풍요로운 소리를 빚어내도록 도와줘요. 칠은 나무의 탄성을 유지시켜주고 습기로부터 악기를 보호하기 위한 작업이에요."

대패가 막 지나간 자리는 처음에는 반질반질했다. 시간이 지나고 건조되는 동안 나무에서는 다시 결이 생겨났다.

"이것은 나무가 숨을 쉬고 있다는 증거예요. 칠이 영원히 마르지 않는 까닭도 여기에 있어요. 칠은 나무의 깊은 소리를 들을 줄 알고 스스로 깊은 내면을 가지면서 승화하여 살아 있는 형태와 소리를 지켜내는 거예요."

그래서 칠의 원료는 자연에서 추출한 천연원료를 사용해야 한다. 클로드는 베르니 작업을 집에서 했기 때문에 애석하게도 직접 보지는 못했다.

클로드의 작업 중에 자연을 고스란히 느낄 수 있는 사례가 또 하나 있었다. 작업대에서 물이 끓고 있었다. 그 안에 담긴 용기가 끓는 물에 덜거덩거렸다. 용기 안에는 동물 뼈로 만들어진 아교풀이 들어 있었는데, 이때 사용되는 아교풀은 소뼈, 토끼 뼈 따위를 진하게 고아서 굳힌 것으로 뼈의 종류에 따라 접착의 강도가 다르다.

"바이올린 제작에서 사용되는 풀은 일반 플라스틱 풀이 아니라 자연에서 가지고 온 천연 풀이에요. 풀이 닿는 순간 나무의 성질은 변해요. 플라스틱 풀을 사용하면 풀에 인접한 나무는 생명력을 잃어버려요."

클로드는 가는 칼에 아교풀을 묻혀 앞판, 옆판, 뒤판을 붙였다.

"풀이 부족하면 틈이 생기고 소리가 새어 나가요. 그렇다고 과다하게 사용하는 것도 문제가 돼요. 너무 강하게 붙여놓으면 복원을 위해 분리할 때 떼어내기가 어려워요."

아교풀은 미세한 틈도 허용치 않으면서 과하지도, 부족하지도 않게 사용해야 했다.

나는 뤼티에다

아틀리에에서는 다양한 소리가 났다. 둥근 끌과 납작한 끌 소리, 크기가 제각각인 대패 소리, 줄톱 소리, 사포나 천으로 나무 문지르는 소리, 서랍 여닫는 소리, 의자 삐걱이는 소리, 발자국 소리, 톱밥을 쓸어내는 빗자루 소리, 나무 휘는 소리…….

클로드가 작업에 몰두해 있을 때 여러 가지 소리들이 일제히 걸어 나와 아틀리에를 메웠다. 연장 소리가 마치 교향곡처럼 아름다웠다.

연장을 내려놓은 클로드는 유머와 재치가 넘쳤다. 내가 한번은 의자에 올라서서 사진을 찍고는 내려와서 목이 마르다고 했더니, 키다리 아저씨인 그는 "고도가 다르지요" 하며 놀렸다. 바이올린에 관한 질문을 했을 때 내가 맞추기라도 하면 클로드는 앞치마를 건네주며 "이제 여기서 일해도 되겠어요" 하며 익살을 떨었다.

그러나 연장을 손에 쥐고 있을 때 클로드는 누구보다도 깐깐해졌다. 나무는 오랜 침묵을 견디어냈다. 대신에 나무는 클로드에게 온화하면서도 단호함을, 그리고 최고의 정밀함과 배려를 끊임없이 요구했다.

그는 일상에서 자신이 뤼티에라는 것을 자주 들켰다. 아침 일찍 오면 아틀리에에서 커피도 마실 수 있다는 그의 말에 하루는 여러 종류의 빵을 사 들고 아침 일찍 그를 찾았다. "어떤 빵을 먹을 건지 먼저 고르세요"라는 클로드의 말에 나는 "나눠 먹어요. 빵을 잘라서 골고루 맛보는 건 어때요?"라고 했다. 이때부터 클로드의 고민이 시작되었다. 각기 다른 모양을 정확하게 삼등분하기 위해 빵의 모양과 형태를 이리저리 살폈다. 정확한 수치대로 조각하고 깎아내는 게 그의 일이라 빵 하나 자르는 데도 심혈을 기울이는 것이다. '내가 조금 덜 먹어도 되는데'라는 말이 목까지 나왔지만 참았다. 그럼에도 클로드가 똑같이 자를 거라는 것을 알았기 때문이다.

일화가 하나 더 있다. 여러 명의 뤼티에가 일본에 초대되어 최고급 레스토랑에서 식사를 하게 되었다. 뤼티에들이 레스토랑을 빠져나와서 한 말은 한결같았다.

"봤어요?"

"예, 당신도 보셨어요?"

세계에서 최고의 요리를 자랑하는 일본 특급 레스토랑을 나오면서 하는 첫마디가 "맛있었어요?"가 아니라 "봤어요?"라니! 레스토랑에서 사용한 젓가락이 훌륭한 에피세아(épicéa)였던 것이다. 에피세아는 버티는 힘이 강하고 단단하여 바이올린 뒷울림판과 옆판에 쓰이는 나무였다.

클로드는 뤼티에다. 나무의 혼을 되살려 울림과 되울림을 마음으로 조각하는 것, 그것이 바로 클로드의 인생이다.

"나는 이미 내가 목표로 했던 지점에 도달했고, 이제는 또 다른 정상을 향해 가고 있어요."

클로드의

첫 바이올린

한국으로 돌아오는 내 손에는 1983년, 클로드가 처음으로 만든 바이올린의 앞울림판이 들려 있었다. 그가 내게 앞울림판을 주겠다고 말했을 때 귀를 의심했다. 두 번째, 세 번째로 만든 것도 아니고 처음으로 만든 바이올린의 일부를 내게 주겠다니! 31년 전 첫 열정, 첫 기대, 첫 희망을 안고 만들었을 바로 그 바이올린의 앞울림판……. 클로드에게 있어 이 앞울림판을 파내고 깎는 순간이 없었다면 200개가 넘는 바이올린을 만들어온 뤼티에 클로드의 삶도 말할 수 없지 않은가.

"내 인생에서 처음 만든 바이올린이라 할 수 있는 것이 두 개 있었어요. 하나는 처음으로 완성시킨 바이올린이고, 다른 하나는 최고의 바이올린들을 복원한 다음에 처음으로 만든 바이올린이에요. 탁월한 소리를 내는 바이올린을 복원하면서 정말 많은 것을 배웠어요. 완벽하게 복원했을 때의 성취감은 이루 말로 표현하기 어려워요."

클로드는 처음으로 제작한 바이올린 앞울림판을 복원하여 내게 주었다. 잘 만들고 못 만든 것, 소리가 좋고 좋지 않은 것은 중요하지 않았다. 지금까지 봐왔던 그의 열정과 집중력의 불씨를 보고 있다는 것만으로도 가슴 벅찼다. '깎고 다듬고 밀고 파내는' 동작이 결코 단순한 것이 아님을 두 눈으로 지켜본 후였다. 클로드가 최고의 순간을 내게 선사해준 것임을 잘 알고 있었다. 그는 베이스바 옆에 짧은 글을 남겼다.

함께한 시간을 위해, 수많은 시선들을 위해, 그리고 지원이를 위해.

–클로드 마카블레이(Claude Macabrey)

***

리옹에서 감탄했던 모든 장면이 아틀리에 '돌체'에서 재현되었다.
한국의 뤼티에 노덕호 선생님께 감사한다. 선생님의 도움으로
클로드 이야기가 완성될 수 있었다.

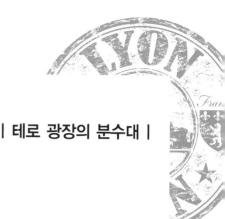

| 테로 광장의 분수대 |

클로드를 만나러 갈 때마다 테로 광장을 지나쳤다. 약속시간보다 일찍 도착한 어느 날 나는 테로 광장의 분수대 앞에 앉았다. 정면에는 보자르 박물관이 있고 왼쪽에는 시청이 있어 리옹을 방문하는 사람들은 누구나 여기를 지나간다. 분수대 양옆에는 간단한 식사나 아이스크림, 시원한 맥주를 즐길 수 있는 노상 카페가 즐비해 있다. 아름다운 건축물도 볼거리지만 햇빛을 즐기는 사람들의 활기찬 표정 또한 리옹 거리의 얼굴이다. 여러모로 테로 광장은 도시 산책의 진면목을 보여준다.

그날은 이른 시간이라 생기 넘치는 광장이 깨어나기 전이었다. 사람들로 늘 북적거리는 광장이 잠시 숨을 고르고 있었다. 바람이 사방으로 튀었다. 품어져 나오는 물방울이 바람의 속도로 나를 감싸 안는 것을 느끼며 뒤돌아보았다.

머리는 말이고 꼬리는 물고기인 해마 네 마리(Hippocampe, 그리스신화에 나오는 해마)가 물길을 가르며 달렸다. 탄탄한 근육을 가진 다리의 움직임으로 물살이 얼마나 센지 간파할 수 있었다. 겁에 질린 두 아이가 고삐를 잡고 있는 여신 옆에 바짝 붙었다. 콧구멍에서는 말의 가쁜 숨과 긴장감이 연기로 뿜어져 나왔다. 방향을 잃지 않으려는 해마의 단호한 눈빛은 고삐를 통해 여신의 마음에 가닿는 듯했다.

보르도에 설치될 예정이었던 이 분수는 19세기 조각가 바르톨디(Frédéric Auguste Bartholdi)의 작품이다. 보르도 측은 여러 가지 이유로 구입을 망설이다가 결국 설치 계획을 철회했다. 덕분에 당시 리옹 시장이었던 앙투안(Antoine Gailleton)이 작품을 획득하는 기회를 얻게 되었다. 바르톨디의 이 작품은 오늘날까지 바다를 향해 달려가는 론 강을 상징하며 테로 광장에 서 있다.

수십 번도 더 지나다니던 곳인데 오늘은 웬일인지 네 마리의 해마가 나를 불러 세운 것 같은 느낌이 들었다. 내달리고 있는 이유를 말해주고 싶어 하는 것 같았다. 바람이 동조하여 물방울을 튕겼다. 해마의 발끝과 눈빛을 보게 한 것으로 보아 내 짐작이 틀림없다. 뜻을 세웠으면 물러섬이 없어야 한다고, 거친 물살은 헤쳐나가기 위해 존재한다고 온몸으로 보여주고 있는 해마 앞에서 "시장 앙투안에게 감사를!" 하고 외쳤다.

테로 광장의 분수대.

비단 짜는 카뉘, 세바스티앵

카뉘의 집

어디를 가야 비단 짜는 사람 '카뉘'를 만날 수 있을까? 19세기 초부터 서서히 사라지기 시작한 카뉘가 아직 남아 있기나 한 걸까?

크루와루스 언덕에 있는 박물관 '카뉘의 집(La maison des Canuts)'을 찾았다. 그곳에는 비단 짜는 직기와 비단을 짤 때 쓰던 여러 가지 연장이 전시되어 있었다. 박물관에서 일하는 에밀리는 직기로 비단 짜는 모습을 시범 삼아 보여주며 비단 산업이 성행했던 시대를 이야기했다.

"리옹은 비단의 도시라 불릴 만큼 비단의 역사가 뿌리 깊은 곳이에요. 15세기에는 비단을 거래하는 중요한 교역 장소였고, 18세기에는 리옹 주민의 절반 이상이 비단 짜는 노동자였어요. 여러분이 서 있는 여기, 크루와루스 지역은 비단 짜는 사람들의 삶의 터전이었답니다."

"아직까지 손으로 비단 짜는 카뉘가 남아 있나요?"

"물론이에요."

카뉘가 역사적인 흔적으로만 남아 있으면 어떡하나 내심 걱정하고 있던 터라 에밀리의 말이 아주 반가웠다. '카뉘의 집' 박물관과 '비단' 박물관의 존재 여부는 많은 사람이 알고 있었지만, 기계가 발달한 요즘에도 아직 손으로 비단 짜는 사람이 있을지에 대해 몇몇 리옹 사람들조차 반신반의했기 때문이다.

"카뉘를 만나보고 싶은데 가능할까요?"

에밀리는 나를 남겨두고 잠시 자리를 떠났다. 얼마 지나지 않아 에밀리는 쪽지 하나를 들고 돌아왔다. 프렐(Prelle)에서 일하는 세바스티앵(Sébastien)의 이름과 연락처가 적혀 있었다.

세바스티앵을 만나기 위해서는 관문 하나를 통과해야 했다. 프렐은 비단 제품을 만드는 회사였고 세바스티앵은 프렐에 소속되어 있었기 때문에, 그와의 인터뷰에 앞서 회사 책임자의 허락이 필요했다.

프렐을 찾아갔을 때 책임자 베르지에가 출장 중이어서 부득이 전화통화를 시도했다. 베르지에의 목소리는 깍듯하고 단호했다.

"세바스티앵도 끝내야 하는 일이 있으니 30분 정도 시간을 드릴게요."

세바스티앵이 사용하는 직기.

30분 동안 무슨 말을 어떻게 해야 할지 난감했으나 당장은 인터뷰 시간을 얻게 되었다는 사실에 기뻤다. 하지만 기쁨도 잠시, '주어진 시간 안에 무엇을 할 수 있을까?' 하는 마음과 '어쩌면 어떤 여지가 있지 않을까' 하는 마음이 계속해서 교차했다.

카뉘,
세바스티앵

　　　　　세바스티앵을 처음 봤을 때 깜짝 놀랐다. 많이 봐도 30대로 보였기 때문이다. 손으로 비단을 짜는 카뉘의 맥을 잇는 인간문화재이고, 더군다나 프랑스 전역에 10여 명 남짓 남아 있는 카뉘 중 한 사람이라는 얘기를 들었으니 나이가 지긋하게 든 할아버지를 상상하는 것도 무리가 아니었다.

겨울임에도 세바스티앵은 반팔을 입고 있었다. 온몸을 움직이며 일하기 때문에 옷이 편하고 가벼워야 한다는 게 그 이유였다. 그가 일하는 공간은 난방이 잘되는 탓에 내 볼은 금방 달아올랐다. 사실 난방 탓만은 아니다. 어제 베르지에가 내게 허락한 시간이 겨우 30분이라는 사실이 머리를 떠나지 않았다. 과연 어떤 결과를 이끌어낼 수 있을지.

베르지에, 세바스티앵과 마주 앉았다. 베르지에가 먼저 왜 이 책을 쓰려하는지, 무슨 연유로 카뉘를 만나고 싶었는지, 당신이 생각하는 문화는 무엇인지 등의 질문을 했다.

시간은 자꾸 흘렀다. 카뉘 이야기를 듣기도 전에 시간이 다 지나갈지도 몰랐다. 그러나 서두르지 않았다. 시간을 아무리 쪼갠들 세바스티앵과 베르지에 이야기를 다 들을 수 없었다. 누가 봐도 턱없이 부족한 시간이었다. 어느새 마음은 차분해졌고 내 이야기라도 진솔하게 털어놓자는 생각이 들었다. 물론 카뉘의 이야기를 쓸 수 없게 될지도 모른다는 것을 전제하고 있었다. 만남이 이어질지 끊어질지는 처음부터 나의 결정권을 벗어난 일이었다. 담담하게, 진심을 다해 대답했다.

"리옹의 문화가 어떻게 보존되어왔고 그 명맥을 잇고 있는지 알고 싶어요."

다행히 베르지에는 내 말을 경청해주었다. 그녀의 목소리가 더 부드러워진 것은 아니었지만 시간이 갈수록 좋은 공기가 스며들고 있음을 감지했다. "카뉘는 무엇입니까?"라는 질문을 시작으로 나는 화자에서 청자의 자리로 이동했다. 베르지에는 "비단 짜는 사람을 리옹에서는 카뉘라고 해요"라는 말과 함께 카뉘 이야기를 시작했다.

"실을 뽑아서 천을 짜는 사람을 티스랑(Tisserand, 방직공)이라 하는데 왜 리옹에서는 카뉘라고 부르나요?"

"칸(Canne)은 '지팡이'나 '막대'라는 뜻이에요. 사람들이 가지고 다녔던 지팡이의 장식이나 모양은 부를 상징하는 동시에 직업을 상징했지요. 방직공은 날실을 나누기 위해 유리로 된 막대를 사용했어요. 가난했던 카뉘는 화려하게 장식된 귀족의 막대와는 달리 장식이 없는 '벌거벗은 막대'를 사용할 수밖에 없었지요. 카뉘(Canut)는 '칸(Canne, 막대)'과 '뉘(nuc, 벌거벗은)'가 합쳐진 말이에요."

시계의 초침 소리는 더 이상 들리지 않았다. 베르지에는 질문을 적은 내 노트에 직접 세바스티앵의 대답을 받아 적어주기까지 했다. 뿐만 아니라 인터뷰가 끝난 후 기계에 대한 설명까지 친절하게 해주었다. 문화를 앞장서서 이어가는 사람도 중요하지만 그 사람을 경제적으로 뒷받침해주는 사람의 역할 또한 반드시 필요하고 값지다는 것을 깨닫는 순간이었다. 문화 계승을 향한 그녀의 깊은 마음이 고스란히 내 마음에 전해졌다. 내가 도착한 지 세 시간이 훌쩍 흘러가 있었다.

날실과
씨실이 만나

　　　　　　　　　베르지에의 배려로 세바스티앵과 단둘이 남게 되었다. 세바스티앵은 비단이 만들어지는 과정을 하나하나 보여주었다.

"한 폭의 비단이 세상에 나오기 위해서는 구상, 준비, 직조 단계를 거쳐야 해요. 구상 단계는 직물의 무늬를 만들어내는 단계예요. 여기에서 날실(세로 방향으로 놓인 실)과 씨실(가로 방향으로 놓인 실)의 기본 짜임새를 결정해요. 이때 카뉘는 날과 씨의 배열을 정확하게 정해야 해요. 기본이 흔들리면 모든 것이 흔들려요."

조금 전 인터뷰 때의 부드러운 모습은 사라지고 없었다. 기본이 단단하지 못하면 모든 수고로움이 수포로 돌아간다는 말을 할 때 세바스티앵은 깐깐하고 예민해 보였다.

"카뉘는 이렇게 많은 실톳의 색깔이 언제 어떻게 날실을 지나가는지 파악하고 있어야 해요.
비단 문양을 머릿속에서 완벽하게 그리고 있어야 각각 다른 색의 씨실이
제 위치에서 날실을 지나갈 수 있어요."

"준비 단계는 크게 베틀에 날실 걸기, 원기둥 모양 실린더에 날실 감기, 코바늘과 얼레빗에 각각의 실 들여 넣기로 나뉘어요. 이 과정에서 가장 민감하고 긴 시간을 필요로 하는 것은 롤러에 날실을 감는 일이에요. 날실은 천의 기본 바탕이에요. 하나의 비단으로 탄생되기 위해서 수천수만 개의 날실이 순차적으로 실린더에 감기는 일은 정말 중요해요."

세바스티앵은 하나하나 꼼꼼하게 말을 이어나갔다.

"코바늘 구멍에 일일이 날실을 끼워야 하는데 이것은 날실이 엉키지 않게 하는 기능도 있지만 무늬가 만들어지는 데 결정적인 역할을 하는 거예요."

"이렇게 많은 실을 한 코 한 코 손으로 꿴다는 말인가요?"

"그래요. 한 코에 두 가닥의 실을 넣어요."

내 앞에 놓인 롤러에 감긴 날실은 무려 7200개의 실이었다. 7200개의 실을 하나하나 베틀에 걸고, 실린더에 감고, 코바늘에 넣는 작업을 모두 손으로 한다고 세바스티앵은 지금 이야기하고 있는 것이다.

"이 작업을 하는 데 시간이 얼마나 걸렸어요?"

"6개월 정도."

"6개월이요?"

깜짝 놀라는 나를 보며 세바스티앵은 아무 일도 아니라는 듯 말했다.

"최소가 6개월이에요. 길게는 1년, 2년이죠. 베르사유 궁전에 장식된 비단은 21년이 소요되었다고 들었어요."

"만약 작업 중에 실 한 올이 끊어지면 어떻게 되죠?"

세바스티앵은 갑자기 실 한 가닥을 들어 올리더니 가위로 싹둑 잘랐다. 그러곤 끊어진 실과 실을 두 손가락 끝에 놓고 비틀어 꼬았다. 이 단순한 동작으로 실은 다시 연결되었다. 끊어졌던 흔적은 어디에도 없었다. 매듭이 만들어지지 않았다. 실이 끊어졌을 때나 다른 색깔의 실을 연결할 때 세바스티앵은 매듭도 없이 실을 묶었다.

"이런 방법으로 1600개의 실을 묶는 데 대략 두 시간이 걸려요."

쉽게 감이 잡히지 않는 작업을 세바스티앵은 숫자로 풀어서 가르쳐주었다. 세바스티앵이 손으로 매일 조금씩 해내는 작업을 눈앞에 두고도 쉬이 실감이 나지 않았다. 날실이 씨실을 만나 한 폭의 비단이 되는 일은 누에에서 명주실을 뽑아내는 작업을 제외하고도 과히 긴 시간이 걸렸다.

구상 단계에서 씨와 날의 기본 짜임새에 대한 배열이 왜 미리 결정되어야 하는지 알 것 같았다. 씨실과 날실의 기본 짜임새가 흐트러지면 6개월을 소요해서 7200개의 실을 한 코 한 코 코바늘에 넣은 작업과 두 시간을 소요해서 1600개 실을 묶은 작업 따위는 무용지물이 되는 것이다.

"직조 단계는 한 올 한 올 계획하고 준비하고 세팅해왔던 날실이 드디어 씨실을 만나는 작업이에요. 천공 카드의 구멍을 읽어내어 잉앗대와 잉아(Lisse, 베틀의 날실을 한 칸씩 걸어서 끌어 올리도록 맨 굵은 실)가 움직이면 날실이 교차되면서 일정한 각도로 올라가요. 이 사이를 북과 여러 가지 색깔의 실톳(Canette)이 지나가면서 씨실이 풀리고 천이 짜이는 거예요."

천공 카드에 의해 날실이 위아래로 움직인다는 게 신기했다. 세바스티앵은 여러 가지 색 실톳이 날실 사이사이를 번갈아 지나가는 것을 재현해주었다. 무늬가 만들어졌다.

"얼마 전 끝낸 작업에서는 실톳을 116개 사용했었어요."

기본이 되는 날실에 116가지 색깔의 무늬를 만들기 위해 실톳 116개가 필요했다고 세바스티앵은 말했다.

"카뉘는 이렇게 많은 실톳의 색깔이 언제 어떻게 날실을 지나가는지를 파악하고 있어야 해요. 비단 문양을 머릿속에 완벽하게 그리고 있어야 각각 다른 색의 씨실이 제 위치에서 날실을 지나갈 수 있어요."

세바스티앵은 이렇게 복잡하고 집중을 요하는 일에 큰 희열을 느낀다고 말했다.

생명의 물,
로드비

"북과 실톳은 둘 다 씨실인데 어떻게 달라요?"

"북 안에도 실톳 하나가 들어 있어요. 이 실톳에 감겨 있는 실의 색깔은 날실의 기본 색과 같아요. 여기 여러 개의 실톳은 색으로 모양을 만들 때 날실을 지나가고, 북 안에 있는 실톳은 기본 짜임을 위해 날실을 지나가는 거예요."

베틀에서 날실 사이를 왔다 갔다 하면서 씨실을 푸는 기구를 우리말로는 '북'이라 한다. 북을 불어로는 '나베트(Navette)'라 하는데 두 지점을 규칙적으로 왕복하는 기차나 배를 일컫는다. 그래서인지 날실을 오가는 북이 물결 위를 왔다 갔다 하는 배같이 보였다. 실제로 북 안에 들어 있는 실톳은 배 모양을 닮았다.

"바다가 보여요. 꿈을 향해 달리는 배도 보이고요."

세바스티앵은 의아한 표정으로 나를 쳐다보았다.

"보세요. 푸른빛을 띠는 날실은 바다고 씨실은 배잖아요. 세바스티앵 당신은 날실 위에서 씨실을 조종하는 선장이고요."

세바스티앵은 큰 소리로 웃으며 정말 그렇다고 맞장구를 쳤다. 그의 호탕한 웃음소리를 들으며 한 술 더 떴다.

"당신은 준비 단계가 아주 중요하다는 걸 계속 강조했어요. 배가 먼 바다를 향해 나가기 전에 철저히 준비해야 하는 것과도 같지 않나요?"

고맙게도 세바스티앵은 내 얘기에 동참해주었다.

"그럼 배에 실린 꿈은 뭐예요?"

그의 질문에 나는 너스레를 떨며 말을 이었다.

"전통문화를 훌륭하게 계승하겠다는 인간문화재의 꿈이지요. 세바스티앵, 당신의 꿈은 생명의 물이에요. 배가 폭우를 만났을 때, 흔들릴지라도 방향을 잃지 않도록 잡아주는 키에요."

며칠 전, 프랑스에 '로드비'라 불리는 알코올이 있다는 것을 알게 되었다. 알코올 도수가 40도가 넘는 '로드비(L'eau de vie)'는 '생명의 물'이라는 뜻이다. 이 어원에는 재미있는 일화가 있다. 항해 중에 물이 없다는 것은 곧 죽음을 의미했다. 항해를 떠나기 전 선원들은 마시는 물이 썩는 것을 막기 위해 알코올을 조금 섞었다. 죽음으로부터 생명을 지키기 위한 방법이었다. 프랑스 사람들은 과일이나 풀로 로드비를 만들었는데, 집집마다 그 맛이 다르다는 게 특징이다.

세바스티앵과 이야기를 나누면서 문득 로드비가 떠올랐다. 항해가 끝날 때까지 생명을 지켜주는 로드비가 우리를 나아가게 하는 꿈과 닮았다는 생각이 들었다. 꿈이 생명의 물이라는 말에 세바스티앵은 기쁘게 동의했다.

무릇 비단을 짜는 일은 긴 항해를 나서는 일과 같아 보였다. 빈틈없는 계획이 필요했다. 날실의 팽팽함을 유지시키는 평형추가 없어서도 안 된다. 라인의 모든 실이 엉키지 않고 제 위치에서 지탱하기 위해서는 가는 막대 '베르주(Verge)'도 필요했다. 잉아가 돛처럼 순조롭게 올라갔다 내려왔다 할 수 있도록 잉앗대 위쪽에 달린 도르래와 잉앗대 아래에 달린 페달도 잘 작동해야 했다.

세바스티앵의 손과 발이 직기를 움직였다. 잉앗대와 연결된 줄을 잡아당기면 위로 올라간 날실이 파도처럼 넘실거렸다. 북이 길을 트면서 지나갔다.

비단길 위에 무늬가 찍혔다. 무사히 닻을 내리고 한 폭의 비단이 되었다.

사라지지 않는 카뉘

세바스티앵은 온몸을 사용했다.

"이것은 매우 민감하고 까다로운 작업이에요. 카뉘가 사라지는 이유가 바로 여기에 있어요. 사람들은 힘든 일을 좋아하지 않아요."

"카뉘가 사라지지 않고 지금처럼 보존될 수 있을까요?"

"비단 짜는 일이 쉽지는 않아요. 하지만 충분히 인생을 걸 만해요. 사라지고 있는 문화를 보존하는 기쁨도 있어요. 이 일에 대한 내 열정을 전수할 수 있는 사람을 반드시 만날 거라고 믿어요. 세상에는 다양한 사람이 살고 있으니 저처럼 이 일에 매력을 느끼는 사람이 있을 거예요."

세바스티앵은 이제 30대 중반을 넘어섰다. 카뉘가 된 지 벌써 14년이 지났다. 옆에서 작업하는 사람의 기계 소리만 듣고도 '앗, 문제가 생겼구나' 하고 알 정도로 그는 직기와 한 몸이 되어 살고 있다. 그만큼 전통을 잇는 일에 자부심이 대단했다. 세바스티앵은 회사 프렐이 있기 때문에 작업에만 몰두할 수 있다는 말도 빼놓지 않았다.

세바스티앵과의 만남이 있은 후에 석 달이 흘렀다. 그동안 다른 장인과 예술가들을 만나기 위해 분주하게 다닌 덕분에 많은 인연을 맺었고 좋은 사진도 얻을 수 있었다. 그러나 상대적으로 세바스티앵의 사진은 만족스럽지 못했다. 나는 다시 베르지에게 전화를 걸었다. 더 이상 전화 통화가 무섭

카뉘가 된 지 14년이 넘은 세바스티앵.

지 않았다. 사람들을 찾아다니고 그들과 많은 이야기를 하면서 귀가 트이고 있었다.

"당신들을 만난 후 계획한 일이 많이 진척되었어요."

사실이었다. 내가 프렐 회사에 처음 방문해서 그들에게 밝혔던 많은 계획이, 현실이 되어가고 있었다. 기뇰과 카뉘를 만났다는 사실은 다른 사람을 만나는 징검다리가 되기도 했다.

"세바스티앵의 사진이 부족해요. 한 번 더 방문하고 싶은데 괜찮을까요?"

어디에서 온 확신인지는 모르겠으나 그녀가 거절할 거라고는 생각하지 않았다. 예상은 적중했고 다시 프렐의 문턱을 넘어 세바스티앵을 만났다. 베르지에와 세바스티앵은 환하게 웃고 있었다.

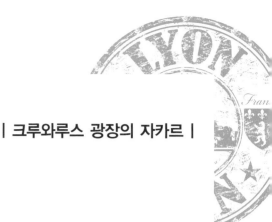

| 크루와루스 광장의 자카르 |

카뉘들은 '일의 언덕'이라 불리는 크루와루스 지역에 모여 살았다. 크루와루스 광장 한복판에 서 있는 자카르의 동상은 이 지역이 카뉘들의 동네였다는 것을 또렷이 상기시킨다.

조제프 마리 자카르(Joseph Marie Jacquard)는 1801년 자카르 직기를 만든 사람이다. 천공 카드의 구멍을 인식하여 날실을 들어 올리는 이 기계의 발명으로 까다롭고 복잡한 무늬를 이전보다 쉽게 짤 수 있게 되었다. 또한 여러 사람이 함께 작업을 해야 했던 이전의 기계와는 달리 자카르 직기는 한 사람의 직공만으로도 작업이 가능했다.

자카르는 자신의 발명으로 고된 일에 동참하고 있던 아이들의 일이 줄어들 거라고 생각했다. 그러나 더 이상 비단 짜는 일을 하지 않아도 되는 아이들은 다른 일을 찾아, 더 나쁜 조건의 공장에서 일하게 되었다. 또한 한 사람만으로 작업이 가능해졌기 때문에 수많은 실업자가 발생했다. 자카르의 의도와는 상관없이 그의 발명품은 경제 위기와 겹쳐 민중 봉기를 일으키는 계기가 되었고, 종국에는 카뉘들이 자카르 직기를 깨부수는 안타까운 일이 벌어지기도 했다. 그러나 반자동식인 자카르 직기가 비단 산업에 혁신적인 기계임에는 틀림없었고 오늘날에도 프랑스를 비롯한 전 세계에서 사용 중이다.

그런데, 카뉘들은 리옹의 많은 지역 중에서 왜 하필이면 크루와루스 언덕에 자리를 잡게 되었을까? 그것은 천장의 높이와 관련이 있다. 생니지에, 생조르주, 생장의 집들은 천장이 낮고 좁았기에 방직기를 설치하는 데 적당치 못했다. 반면에 크루와루스 지역 집들은 천장이 높아 직기를 설치하는 데 용이했다. 크루와루스에 새로운 집들이 커다란 직기를 고려하여 지어진 것은 말할 나위가 없다. 해가 잘 드는 창문 옆에 섬유 짜는 직기가 설치되어 있는 카뉘의 집은 일과 생활이 공존하는 공간이었다. 집집마다 설치되어 있던 직기는 사라졌지만 크루와루스의 긴 창문은 아직까지 그 시절의 풍경을 그대로 담고 있다.

1801년 자카르 직기를 만든 조제프 마리 자카르의 동상.

모자 만드는 여자,
에마뉘엘과 플로랑스

샤젤에 가게 된
까닭

　　리옹의 조르주 드 루(Gorge de Loup)역에서 189
번 버스를 타고 모자 박물관이 있는 샤젤(Chazelle sur Lyon)로 향했다. 버스
는 금방 리옹을 벗어나 시골집과 들판을 병풍처럼 펼쳐놓는다. 오랜만에 리
옹을 벗어났더니 마음이 잠시 들떴다. 여러 마을을 경유하면서 나지막한 산
하나를 넘었다. 평일이라 버스를 타고 내리는 사람이 그리 많지 않았다. 버
스의 종점이 샤젤이었기 때문에 어디서 내려야 하는지 두리번거릴 필요가
없었다. 흔들리는 버스에 몸을 맡기고 상념 속으로 빠져들었다.

　리옹에 와서 관계를 맺게 된 사람이 어느새 열일곱 명에 이르렀다. 시간

샤젤 모자 박물관에 전시된 모형.
샤젤은 세계적인 펠트 모자 생산의 중심지였다.

이 갈수록 정이 쌓이는 사람이 있는가 하면 여러 가지 이유로 만남이 지속될 수 없는 경우도 있었다. 상대방에게 사정이 생긴 경우가 대부분이었으나 부득이하게 내가 원인이 된 사람도 생겨났다. 리옹 모자가게 '새 떼(La Tribu des Oiseaux)'에서 만난 에마뉘엘(Emmanuel)과 플로랑스(Florence)와의 만남이 그러했다.

만나는 횟수가 늘어났지만 내 마음속에 동요가 일지 않았다. 처음 그들을 만났을 때 샘솟던 감흥이 길을 잃어버렸다. 그들의 열정 앞에서 무감각했기 때문에 당황하지 않을 수 없었다. 점점 난감해졌다. 그들과 나 사이에 놓인 언어의 장벽인가? 아니면 시간의 장벽인가? 자유로운 영혼을 모자에 불어넣고 있는 두 여자의 마음을 어떻게 해야 하나? 어디에서부터 잘못되었고 무엇이 문제인가? 한 달 남짓 깊은 고민에 빠졌고 모자 이야기를 할 수 없다는 결론에 이르고 말았다.

결국 나는 편지를 썼다.

　당신들이 일하는 모습을 가까이에서 볼 수 있게 해줘서 정말 감사해요. 아틀리에 곳곳에 아이디어가 넘쳐났어요. 일을 향한 당신들의 열정을 마음껏 만끽했고요. 당신들이 디자인한 모자가 아름답고 특별하다는 것을 알아요. 그런데 제게 문제가 생겼어요. '모자의 말'이 들리지 않아요. 당신들 마음의 소리를 듣고 싶은데 그러기에는 우리에게 더 많은 시간이 필요한 것 같아요. 안타깝게도 내게 주어진 시간이 얼마 남지 않았어요. 내 속의 떨림이 어떠한 파장을 일으키기에 시간이 모자란 듯해요. 깊은 생각 끝에, 잘 쓸 수 없다면 쓰지 않는 것이 더 낫다는 결론에 이르렀습니다. 모자 이야기가 빠지는 것은 저에게도 정말 유감이에요. 진심으로 미안합니다.

　머지않아 그들에게서 답장이 왔다.

　우리는 당신에게 최선을 다하지 못했어요. 여러 가지 행사를 기획하느라 당신에게 소홀했고요. 조용히 앉아서 얘기 나누는 시간조차 없었네요. 당신이 무엇을 원하고 있는지 세심하게 배려하지 못했어요. 죄송해요. 괜찮으시다면 아틀리에에 다시 방문해주시겠어요? 당신이 오지 않더라도 물론 우리는 이해할 수 있어요. 리옹에 언제까지 머무시나요? 아마도, 다시 뵐 수 있겠지요?

　마지막 말이 마음을 흔들었다. 한 번 더 방문하는 것은 어려운 일이 아니었다. 그러나 '달라질 수 있을까'. 또다시 아무 느낌 없이 돌아올 거라면 오히려 가지 않는 게 나을 것이다. 어떻게 하지?

문득 에마뉘엘의 말이 생각났다. "어린 시절 샤젤 모자 박물관을 방문했을 때 모디스트(modiste)가 되겠다고 결심했어요."

나는 답장을 미루고 샤젤행 버스를 알아보았다. 어쩌면 모자 박물관에서 에마뉘엘과 플로랑스의 꿈을 발견하게 될지도 모른다. 어쩌면 내가 그들을 다시 찾아가야 하는 이유를 거기에서 찾을지도 모른다.

버스는 한 시간이 지나 샤젤에 도착했다.

샤젤에서 생긴 일

샤젤의 모자 박물관에서 일하는 엘리안(Éliane)의 설명을 들으며 박물관을 관람했다. 평일이라 사람이 별로 없었다. 덕분에 이런저런 질문을 할 수 있었다.

"샤플리에(Chapelier)가 뭐예요?"

"모자 만드는 사람을 샤플리에라고 해요."

"모자 만드는 사람은 모디스트 아닌가요?"

"모디스트와 샤플리에 모두 모자 만드는 사람을 가리켜요. 샤플리에는 모자 장인이에요. 모디스트는 모자 예술가나 디자이너구요. 많은 사람들이 쓸수 있도록 같은 모자를 여러 개 만들어내는 기술자를 샤플리에라 하고, 한 사람을 위해 하나의 모자를 디자인하는 사람을 보통 모디스트라 해요.

샤젤에서 모자를 만들었던 사람들이 바로 '샤플리에'예요. 샤젤은 세계적인 펠트 모자 생산의 중심지였어요. 5000여 명의 주민이 사는 작은 마을에 스물여덟 개의 모자 공장이 있었어요. 당시 주민의 절반 이상이 모자 만드는 노동자였지요."

리옹의 크루와루스 지역은 카뉘들 삶의 터전이었다. 세바스티앵을 만나 카뉘의 삶을 한창 알아가던 중이었기 때문에 샤젤이 샤플리에의 삶의 터전이었다는 엘리안의 말은 아주 흥미로웠다.

"그런데 모자를 왜 이렇게 많이 만들었어요? 누가 그 모자를 다 썼나요?"

"19세기 프랑스에서는 거리와 공공장소에서 모자를 쓰는 것이 의무화되던 시대가 있었어요. 당연히 모자의 대량생산이 필요했죠."

이 말을 듣는 순간 머리가 환해졌다. "정말이에요?"라고 몇 번을 되물었다. '한 사람이 하나의 모자를 쓰는 것.' 세상 모든 사람들이 자신들의 모자를 썼으면 좋겠다는 에마뉘엘과 플로랑스의 말이 떠올랐다. 모자 박물관을 온 이유를 찾은 느낌이었다.

"많고 많은 마을들 중에 왜 이렇게 작은 마을에 모자 공장이 들어섰나요?"

"샤젤에는 기사령(騎士領)이 있었는데, 이곳으로 십자군이 돌아올 때 모자 제작 기술을 가져왔다고 해요. 16세기부터 모자 산업이 시작되었다는 기록이 있고요. 지금은 다 사라지고 이 공장 하나만 '샤젤 모자 박물관'으로 남아 있어요."

"토끼털로 고급 펠트 모자를 만들었다고 하셨는데 그 많은 토끼털은 어떻게 구했어요?"

"프랑스 농가 어디에서든 파티(Patti)를 만날 수 있었어요. 파티는 토끼털을 사러 다니는 사람을 말해요. 산이나 들에 사는 아이들은 "토끼털 삽니다"라는 외침을 들으며 자랐어요. 상상해보세요. 농가에 울려 퍼지던 "프왈 드 라팡(poils de lapin, 토끼털) 소리를……."

엘리안의 이야기는 흡입력이 있었다.

"털을 팔기 위해 집에서 토끼를 기르는 사람이 많았어요. 파티에게 토끼털을 판 날에는 가족이 모여 앉은 저녁상이 푸짐했죠. 이렇게 모인 토끼털은 샤젤의 모자 공장에서 펠트 모자로 제작되었고, 다시 모든 프랑스인의 머리에 씌워졌던 거예요."

"샤플리에가 많았던 이때에도 모디스트가 있었나요?"

"서민들과 구별되는 값비싼 재질의 모자를 쓰고 싶었던 부르주아들의 요구에 따라 모자 상점도 많이 생겼지요. 모디스트들은 그들의 취향에 맞게 고급스러운 실크와 깃털, 꽃, 레이스, 리본 등 다양한 장신구로 모자를 치장했어요. 에드가 드가의 그림 〈모자 상점〉을 보면 당시의 풍경이 잘 나타나 있어요."

염색된 펠트 모자 설명이 끝난 뒤 엘리안은 박물관에서 함께 일하는 모디스트 마리옹(Marion)을 소개해주었다.

마리옹의 모자

마리옹은 펠트를 틀에 넣어 모자의 형태를 만들

펠트를 틀에 넣어 모자의 형태를 만들고 길들이는 과정을
직접 재현해준 마리옹.

고 길들이는 과정을 직접 재현해주었다. 그리고 선뜻 그녀의 재봉틀 앞으로 나를 데려가 자신의 모자 이야기를 들려주었다.

"내 모자는 매일 꿈을 꿔요. 언젠가는 무대에 올라가 공연하는 게 꿈이에요. 나는 모자로 캐릭터의 성격을 불어넣고 싶어요. 아름답고 선한 캐릭터뿐만 아니라 추하고 악한 캐릭터까지 섬세하고 다채롭게 담아내고 싶어요. 투박하지만 속 깊은 사내의 주름살에 담긴 세월을, 뾰족하게 날이 서고 모난이의 뒤뚱거리는 걸음걸이를, 사랑을 고백하며 춤추는 손을 모자로 말하고 싶어요. 각자의 개성을 돋보이게 하는 모자를 만드는 게 내 꿈이에요."

무대 위에서 연기하는 모자 이야기에 한껏 들떠 있는 얼굴을 보니 마리옹의 모자가 등장하는 공연을 눈앞에서 보고 있는 것 같았다. 각각의 개성을 지닌 모자 앞에서 그녀의 눈은 유난히 크고 빛이 났다.

더 많은 이야기를 나누고 싶었지만 박물관에 다른 관람객들이 찾아왔기 때문에 자리에서 일어나야 했다.

며칠 뒤 마리옹은 나를 만나기 위해 리옹으로 와주었다. 파란 모자를 쓴 마리옹은 아름다웠다. 이날 많은 이야기를 나누었지만 모자를 쓴 그녀의 모습 자체가 그 어떤 말보다도 강한 인상을 남겼다.

리옹행 버스

리옹으로 돌아가는 발걸음이 가벼웠다. 한때 모자를 쓰는 것이 의무였다는 프랑스 역사가 재밌었다. 작은 마을에서 만들어진 모자가 프랑스 전역으로 팔려나갔다는 이야기에 가슴이 설레기도 했다. 샤플리에의 삶을 알게 되었다는 사실에 기뻤다. 내 생각은 '새 떼'를 처음 방문했을 때로 달려가고 있었다.

안에 사람이 있다는 것을 확인하고 힘차게 문을 두드렸다. 주소만 들고 여기저기 모자 만드는 사람을 찾아다니다가 여러 번 헛걸음을 한 상태였다. 그런데 '새 떼'의 문 밖에서 플로랑스를 봤을 때 이상한 끌림이 있었다. 나는 반사적으로 그녀를 불렀다.

"모자를 보고 싶어요."

문을 여는 시간이 아니었기에 잠시 멈칫하는듯 했지만 플로랑스는 내가 들어갈 수 있도록 길을 터줬다. 내가 모자를 구경하는 동안 그녀는 다시 일에 빠져들었다.

싹둑싹둑, 가위 소리가 내 심장을 두드렸다. 고개를 돌리는 순간 다시 한 번 들려오는 싹둑싹둑, 천을 자르는 소리가 점점 더 생생하게 마음을 파고들었다. '야호! 드디어 모자 만드는 사람을 찾았다.' 나는 이 두근거림이 무엇인지 궁금했다.

며칠 뒤 둘도 없는 친구 사이인 에마뉘엘과 플로랑스를 마주했다.

"왜 모디스트가 됐어요?"

"무엇이든 상상할 수 있어서요."

'모자로 무엇이든 상상할 수 있다니…….' 모자를 아주 좋아했지만 지금껏 한 번도 생각해보지 못한 일이었다.

"당신은 모자 만들 때 어디에서 영감을 얻나요?"

"생활의 모든 것에서 아이디어를 얻어요. 영화를 보거나 책을 읽을 때에도, 음악을 듣거나 요리를 할 때나 정원에 물을 줄 때에도 우리는 모자를 생각해요. 깨어 있는 매 순간 모자 생각뿐이에요."

플로랑스는 "내 아이를 쳐다볼 때에도 모자 생각을 해요"라고 말하며 웃었다.

"두 분은 어떻게 알게 되었어요?"

"'플로랑스, 너랑 생각이 똑같은 아이가 있어' 하고 은사인 루이즈 선생님이 말씀하셨어요. 그 아이가 바로 에마뉘엘이었어요."

"혼자가 아니라 둘이라서 좋은 점이 있나요?"

"플로랑스는 정말 멋진 친구이자 훌륭한 스승이에요. 우리는 매년 여름과 겨울, 파리에서 전시회를 열어요. 리옹에서도 주기적으로 테마 전시회가 있어요. 참신하고 독특한 모자를 디자인하는 일은 아주 중요해요. 전시 소품까지 하나하나 준비하는데, 많은 에너지가 필요해요. 일이 많아 지칠 때도 있어요. 하지만 우리는 둘이에요. 내가 기운이 없을 때 플로랑스가 용기를 줘요."

에마뉘엘의 말이 끝나자마자 플로랑스가 말을 덧붙였다.

"힘들 때 옆을 보면 언제든지 기댈 수 있는 에마뉘엘이 있어요. 혼자라는 건 상상할 수 없지요."

"두 분의 꿈은 뭔가요?"

"모든 사람들이 우리가 만든 모자를 쓰고 다녔으면 좋겠어요."

그들과 나누었던 대화들이 퍼즐처럼 맞춰지고 있었다.

"할머니도 모디스트였어요. 재봉틀 옆에 앉아 할머니가 모자 만드는 것을 보며 자랐어요. 그리고 그 모자를 쓰고 행복해하는 사람들을 봤어요."

자신에게 꼭 맞는 모자를 찾은 사람들은 행복해하며 웃었다.

에마뉘엘의 이 말을 다시 되새겼을 때, 머리를 한 대 얻어맞은 것 같았다. 내가 그동안 두 사람의 모자 이야기를 들을 수 없었던 것은 '사람들을 행복하게 하는 모자'라는 평범한 말을 잊고 있었기 때문이었다. 이름표를 달고 유럽뿐만 아니라 한국, 일본, 중국까지 진출해나가는 그들의 바쁜 일정을 쫓아가느라 가장 중요한 말을 놓치고 있었다.

사탕과 모자

샤젤에서 리옹 집으로 돌아오자마자 녹음해두었던 에마뉘엘, 플로랑스와의 인터뷰를 다시 들었다.

"사람들이 우리가 만든 모자를 쓰고 행복했으면 좋겠어요. 새가 하늘을 날아다니듯 자유를 느꼈으면 좋겠어요. 그래서 세상 모든 사람들이 우리가 만든 모자를 쓰는 날이 왔으면 좋겠어요."

'사탕과 모자', '비와 모자', '그림과 모자' 등 그들의 테마 전시에서 보았던 모자들이 하나하나 그려졌다. 자신에게 꼭 맞는 모자를 찾았다며 행복해하던 사람들의 웃음소리가 기억났다. 무엇이든 상상하게 하는 모자, 하늘을 나는 듯 자유를 느끼게 하는 모자, 행복한 모자를 생각하며 나는 다시 방문하겠다는 답장을 보냈다.

에마뉘엘과 플로랑스는 다시 방문한 내게 더 따뜻한 시선을 보내주었다. 이것저것 설명해주려고 노력했다. 내가 나에게서 문제점을 찾았듯이 그들이 그들에게서 문제점을 찾았다는 것을 알 수 있었다. 두 모디스트가 정말 고마웠다.

"에마뉘엘, 플로랑스. 당신들이 만든 모자가 전 세계인의 마음을 움직이는 날을 상상할 수 있게 되었어요."

이제부터 진짜 이야기의 시작인데 나는 한국행 비행기를 타야 했다. 인생은 아름다운 미완성이다.

| 샤젤 모자 박물관 |

　1983년에 설립된 샤젤 모자 박물관에는 18세기 말에서 오늘날까지의 모자들이 한 눈에 펼쳐져 있다.

　박물관에 입장하면 먼저 19세기에 샤플리에들이 모자를 만들었던 장면을 영상으로 볼 수 있다. 영상에는 토끼털이 어떻게 펠트 모자로 만들어졌는지에 대한 내용이 담겨 있다.

　100그램의 토끼털이 기계의 흡입력에 의해 금속으로 된 커다란 원추(Cône)에 달라 붙었다. 하얀 털이 눈처럼 흩날리며 원추에 다닥다닥 붙었다. 샤플리에는 크기가 크고 덜 성긴 조직의 털을 용액에 적셔 열이나 습기, 압력을 가했다. 마찰된 털 조직을 조밀하고 단단하게 만들었다. 이 공정을 여러 번 거치면서 펠트 크기가 점점 줄어들었다. 흑백 영상으로 본 공장 안은 수증기가 자욱했다.

　엘리안은 토끼털을 고급 펠트 모자로 만드는 과정을 열 단계로 나누어 설명해주고, 마리옹은 수증기를 이용해 모자의 형태를 잡는 모습을 재현해준다. 벽에 걸린 흑백사진을 통해 샤플리에 공장의 분위기를 엿볼 수 있고, 대량생산할 때 모자를 찍어내던 틀도 구경할 수 있다.

　프랑수아 미테랑 대통령이 썼던 모자에서부터 물리학자 마리 퀴리, 미국 영화배우이자 모나코의 왕비였던 그레이스 켈리, 프랑스 상송 가수 겸 영화배우였던 모리스 슈

발리에, 프랑스 해양탐험가 자크이브 쿠스토, 이 밖에도 파코라반, 니나 리치, 디오르, 에르메스 등 유명인들의 모자가 전시되어 있다. 폴 보퀴즈, 알랭 샤펠, 트루아그로 등 유명 프랑스 요리사의 모자도 볼 수 있다.

샤젤 박물관에서는 매년 특별한 전시회가 열리는데, 내가 방문했을 때에는 동물을 주제로 한 전시회가 열리고 있었다. 전설이나 민담, 어린이를 위한 동화는 물론 뮤지컬, 오페라, 발레 등의 공연에 등장하는 동물들이 모자와 만났다. 코끼리, 개구리, 물고기 등 모자랑 전혀 어울릴 것 같지 않은 동물이 모디스트의 기발한 상상력과 만나 재미있는 모자로 태어났다.

'사자의 앞다리가 머리에 놓인다면?', '한 마리 새가 머리 위에서 날개를 퍼덕인다면?' ······.

1983년 설립된 샤젤 모자 박물관.
매년 특별한 전시회를 열어 관객을 맞이한다.

살며 사랑하는 사람들

"나와의 약속을 지키지 못하면 어떻게 하나,
혹은 사람들의 기대에 미치지 못하면 어떻게 하나, 하는 두려움은
나를 언제나 최선이라는 이름으로 데려가 주었어요.
내가 말하는 두려움이 바로 당신이 말하는
도전과 모험의 다른 얼굴이에요."

리옹의 책 문화

작은 책방들

　　　　　"프랑스는 어디를 가나 책 가격이 똑같아요. 이 것은 법으로 정해져 있어요."

"작은 책방이 어떻게 대형 서점과 가격경쟁을 하느냐"라는 내 질문에 대한 가티앵(Gatien)의 대답이었다. 그의 말을 또렷하게 듣고도 나는 내 귀를 의심했다.

"가격이 똑같다고요?"

"예, 단골손님에게만 5퍼센트 정도 재량껏 할인해줄 수 있어요."

한국에서 동네 책방들이 하나둘씩 사라지는 것을 지켜보며 못내 아쉬웠던 나에게 작은 서점을 보호하는 법이 있다는 말은 참으로 귀하게 들렸다.

‘오래된 책방을 찾아다니면 어떨까?’ 리옹에 대해 아무것도 몰랐을 때 든 생각이다. 동네 서점들이 다 사라진 우리나라처럼 프랑스도 그럴 것이라 여겼고, 아직까지 남아 있는 책방이라면 틀림없이 특별한 이야기가 함께 존재할 것이라고 짐작했기 때문이다. 리옹의 몇몇 책방을 둘러보며 ‘작은 책방들이 다 사라졌을 거라는’ 내 생각이 완전히 빗나간 것을 알았다.

리옹에는 책방이 아주 많았다. 중심지에는 블록을 사이에 두고 하나씩 있다고 해도 과언이 아니었다. 프낙(Fnac)과 같은 대형매장에만 사람이 붐비는 것이 아니라 어디를 가나 책방에는 사람이 많았다.

‘엘렉트롱 리브르(Électron Livres, 전자책)’의 문을 열고 들어갔을 때, 제일 먼저 눈에 띈 것은 아인슈타인 사진이었다. 그곳에서 아드리안(Adrienne)과 가티앵 부부를 만났다. 얼마 지나지 않아 가티앵이 어릴 때부터 과학을 좋아했고 과학책을 많이 읽었으며, 과학책을 찾는 고객과 과학 이야기를 나누는 일에 행복을 느낀다는 것을 알았다.

가티앵과 대화를 나누면서 또 하나의 흥미로운 사실을 알게 되었다. 건축, 도시계획, 실내디자인 등 건축에 관한 서적을 읽고 싶은 사람은 테로 광장에 있는 ‘아르쉬리브(Archilib)’로 가고, 세계문화와 여행관련 서적 및 지도를 보고 싶은 사람은 벨쿠르 광장에 있는 ‘라콩트 므아 라 테르(Raconte-moi la Terre, 나에게 세계를 이야기해줄래)’로 간다는 것이다. 그리고 역사서를 찾는 사람은 비우리옹의 ‘디오젠(Diogéne)’을 찾는다고 했다.

책들이 쌓여 있는 ‘르 발 데 자르딩’의 입구.
이곳을 지나 책방 안에 발을 디디는 순간, 책 숲으로 들어가는 느낌이었다.

"과학 서점에 가면 과학을 좋아하는 사람을 만나 과학 이야기를 하고, 건축 서점에 가면 건축학과 학생이나 또는 건축 일을 하는 사람들과 건축 이야기를 할 수 있어요."

책방은 책을 사고파는 곳이기도 하지만 관심 분야를 함께 공유하는 공간이기도 하다는 것이 그의 설명이었다.

"나에게 책은 내가 아는 것과 나의 경험을 함께 나누는 것이에요"라고 말하던 가티앵과의 만남에 신이 났다. 책이 활기차게 움직이는 게 부러웠다.

이후로도 여러 책방의 문을 밀고 들어갔다. 리옹 프레스킬에 위치한 '르 발 데 자르당(Le Bal des ardents, 도깨비불 무도회)' 책방 입구에는 책들이 아치형으로 쌓여 있었다. 한 권을 뽑으면 와르르 쏟아질 것 같은 출입구를 보자마자 호기심이 생겼다. 그런 나를 보고 있던 직원 레미(Rémy)는 실제로 책을 빼려고 한 사람도 있었다며 웃었다.

책방 문을 통과하기 위해 발을 디디는 순간, 책 숲으로 들어가는 느낌이었다. 이 책방은 시나 소설이 주류를 이루고 있었다. '어떤 문학인을 만나게 될까?' 한 권 한 권 목차를 읽어 내려갔다.

이 책방이 무명 작가들의 좋은 작품을 지속적으로 지원하고 있다는 말을 전해 들었을 때 이곳에 꽂혀 있는 이름 없는 작가들의 좋은 글이 풍년 든 것처럼 널리 알려졌으면 좋겠다고 생각했다. 문학의 숲을 거니는 일은 언제나 가슴 뿌듯한 일이다. 문학을 지키려는 마음이 엿보여 더더욱 그랬다. '르 발데 자르당'은 입구에 쌓여 있는 책까지 꼼꼼히 챙겨 읽고 싶은 곳이다.

알렉산드로스 대왕이 철학자 디오게네스에게 "무엇이든 원하는 것을 다 들어주겠노라"고 했을 때 디오게네스는 햇빛을 가리고 있으니 옆으로 비켜서 달라고 말했다고 한다. '디오젠(Diogène, 고대 그리스 철학자 디오게네스)'이라는 책방 이름을 보면서 곧바로 알렉산드로스 대왕과 디오게네스의 일화가 떠올랐다. 무언가 특별한 것을 찾고 있는 사람처럼 사다리를 타고 올라가 책장을 넘겼다. 디오게네스처럼 햇볕을 쪼이고 싶어졌다. 햇빛 잘 드는 곳에 앉아 펼쳐든 책을 읽고 싶어졌다.

디오젠에서 일하는 지젤(Gisèle)은 책방 자랑이 대단했다.

"이곳은 16세기 리옹에서 인쇄된 책들과 2000권이 넘는 고서를 만날 수 있는 곳이에요. 각 주제별 장서는 물론 새 책과 중고 책까지 분류가 잘 되어 있어요. 예술, 사진, 자동차 등 다양한 분야의 새 책과 중고 책을 할인된 가격으로 구입할 수 있죠. 희귀본을 찾는 독자나 장서를 수집하는 책 애호가들이 디오젠을 찾아와요. 절판된 서적을 찾는 학생들도 오고요. 당신과 같은 여행자에게도 특별한 장소로 기억되는 곳이에요."

지젤은 리옹에 대해 하나라도 더 알려주려고 이 책 저 책을 바쁘게 펼쳐보였다. 16세기 리옹에서 인쇄되었다는 책을 펼쳐 보이며 인쇄 박물관 이야기도 꺼냈다.

"르네상스 시대에 리옹은 출판업이 성행했어요. 인쇄 박물관에 가면 책과 신문, 삽화 등의 인쇄물은 물론 인쇄술의 역사를 한자리에서 볼 수 있어요. 14세기부터 20세기까지 출간된 수백 권의 책이 전시되어 있는데 아주 근사해요. 인쇄 박물관에 꼭 가보세요."

'책방을 찾아다니면 어떨까?' 하는 처음 생각이 완전히 무색하지는 않았다. 작은 책방들은 책방 주인의 개성에 따라 저마다 다른 색깔과 다른 향기를 품고 있었다.

책과
에스프레소

리옹에는 '르 타스 리브르(Le tasse livre)'나 '퀼티르 카페(culture café)'처럼 차를 마시면서 책을 볼 수 있는 북카페도 많았다. 책에 둘러싸여 차를 마시며 책을 읽다가 마음에 들면 그 자리에서 구입도 가능했다.

'퀼티르 카페'는 이를 운영하는 필리프(Philippe)에게는 보물창고와 같았다. 출입문 쪽에 있는 책장에 필리프가 어렸을 때부터 읽어온 책들이 꽂혀 있었다. 책장의 화집들은 필리프가 그림을 좋아한다는 것을 말해줬다. 필리프가 내려준 에스프레소를 마시며 그의 손때 묻은 책을 펼쳐보았다.

"책은 내 삶의 증인이에요."

필리프는 3층으로 되어 있는 '퀼티르 카페'의 책들이 자신의 삶을 대변한다고 말했다. 손에 닿으면 부서져버릴 것 같은 고서들을 보면서 그의 말을 실감할 수 있었다. 2층 창밖으로는 페이에 다리와 손 강이 내려다보였고, 실내에는 윌리엄의 상송 〈행복한 남자〉가 흘렀다. 필리프는 책을 읽고 있었다.

이후로 에스프레소가 생각나면 가까운 카페를 두고 일부러 '퀼티르 카페'까지 걸어갔다. 무심하게 대하던 필리프는 책값을 깎아주기도 했다. 아주 가끔은 먼저 말을 걸 때도 있었다. 아니, 그냥 한마디씩 툭! 던졌다고 해야겠다.

"『가르강튀아와 팡타그뤼엘 이야기』를 쓴 작가 프랑수아 라블레(François Rabelais)를 아세요? 그는 리옹 시립병원의 의사이기도 했어요. 론 강, 손 강

'퀼티르 카페' 출입문 쪽에 위치한 책장.
필리프가 어렸을 때부터 읽어왔던 책들이 꽂혀 있다.

의 다리를 건널 때 라블레가 걷던 길이라는 걸 상상해보세요."

감정이 전혀 실려 있지 않았지만 필리프의 말에서는 온기가 느껴졌다. 책을 어디에서든 쉽게 접하고 쉽게 살 수 있다는 점, 사람들이 책을 늘 가까이에 두고 읽는다는 점, 이것이 바로 '리옹의 책 문화'를 이끌어가는 원동력이었다.

책의 거리

토요일과 일요일마다 손 강 페슈리(Quai de la Pêcherie) 강둑에는 책의 거리가 들어선다. 책의 거리에서 책을 찾거나 책을 읽기보다, 내가 즐겨한 것은 책 보는 사람을 보는 일이었다. 가방을 등에 멘 할아버지가 한참 동안 책을 찾는 중이다. 낡은 책 제목을 한 권 한 권 꼼꼼하게 읽고 있었다. 조금 떨어진 곳에서 할아버지를 보고 있으니 보수동 책방 골목이 오버랩 되었다. 다른 시대를 살았던 사람의 손때 묻은 책과 마주 대할 때 일렁이던 미묘한 감정이 되살아났다.

책은 무조건 읽는 것이라고? 더러 책이 내 손에 들려 있다는 것만으로도, 그것이 내 책장에 꽂혀 있다는 사실만으로도 행복할 때가 많다. 적어도 나의 경우에는 그렇다. 물론 읽어야 한다는 기분 좋은 부담감이 함께 존재하지만 말이다. 제목만으로도 가슴 설레게 하던 책들, 한 구절을 두고 밤새도록 친구와 이야기를 나누게 하던 책들, 읽어야 할 쪽수가 점점 줄어드는 것이 아쉬워 아껴 읽던 책들이 어깨를 나란히 하고 있는 낡은 책장. 책방 골목 옆에서 자란 덕분에 책은 늘 내 가까이 있었다. 나에게 책방 골목에 대한 기억은 존재감과 같은 것이다.

책을 열심히 찾고 있는 할아버지도 책방이 많은 곳에서 나고 자랐을까? 가방에 한가득 책을 담아 가는 할아버지를 긴 그림자가 따라가고 있었다.

한 여자가 손을 배 위에 올려놓았다. 곧 태어날 아기가 발로 차는 모양이다. 그녀가 읽고 있는 책이 아이에게 재미가 있었나 보다. 여자는 책장을 넘기는 것을 멈추지 않았다. 그녀가 읽고 있는 책의 종이는 누렇게 변해 있었

매주 토요일과 일요일, 손 강 페슈리 강둑에 들어서는 책의 거리.

다. 벌레가 스멀스멀 기어 나올 것 같았다. 책 옆에 빛바랜 나뭇잎 하나가 오
랜만에 햇볕을 쬐고 있었다. '프랑스의 소녀 혹은 소년들도 책 속에 나뭇잎
이나 꽃잎을 넣어두는구나……'

　여자는 아이와 함께 무엇을 읽어 내려가는 걸까. 책의 내용일까, 아니면

예전에 저 책을 소지하고 있었던 사람의 내력일까. 나뭇잎이 안내해준 쪽에서 여자는 어떤 특별하고 재미있는 글귀를 찾아냈을까. 빼곡하게 꽂혀 있는 많은 책 중에서 여자는 왜 하필이면 낡고 빛바랜 책을 집어 들었을까. 세대를 달리한 친구를 책 속에서 만나는 기쁨이 어떤 것인지 내게 전해지고 있었다. 여자와 아이는 손에 닿기만 해도 부서질 것같이 메말라 있는 나뭇잎의 낮잠을 방해한 일이 즐거워 보였다. 여자는 책 옆에 놓아두었던 나뭇잎을 다시 책 속에 끼워놓았다.

장 아저씨의
귀한 책

하늘이 잔뜩 흐렸다. 게다가 바람까지 짓궂게 불었다. 5월인데도 해가 사라지면 거리에는 겨울옷이 등장했다. 책의 거리에는 사람이 별로 없었다. 책을 펼쳐놓은 상인도 몇 되지 않았다. 은백색 곱슬머리를 하고 있는 장(Jean)의 진열대에 멈춰 섰다. 진열대 위 모든 책에 비닐 커버가 씌워져 있었다. 한두 권도 아니고 책을 일일이 포장하는 이유는 책을 오랫동안 깨끗한 상태로 보존하기 위해서라고 장은 말했다. 그리고 보니『어린왕자』의 1970년대 출판본을 비롯해 많은 고서들이 눈에 띄었다. 가격도 물론 고가였다. 장은 책방을 가지고 있으면서도 주말이면 이 거리에 나온다고 했다.

"책의 거리는 절판되어 구하기 힘들고 소장가치가 있는 귀한 책을 사고

팔 수 있는 좋은 '기회의 장'이에요."

책방에 앉아 있는 게 좋은지 책의 거리로 나오는 게 좋은지 물어봤을 때 그는 머뭇거림 없이 '책의 거리'라고 대답했다. 이유인즉 진귀한 책을 손에 쥐었을 때의 쾌감이 상당하다는 것이었다.

"그렇게 귀한 책을 사람들은 왜 내다 팔아요?"

"그 사람에게는 더 이상 귀한 책이 아니기 때문이겠죠."

"장, 당신이 생각하는 귀한 책이란 게 뭐예요?"

"손때가 묻었거나 누군가의 기억이 담긴 책이요. 하지만 책 장사 입장에서 말하면 연수가 오래되었거나 더 이상 출판되지 않아 구하기 어려운 책들이 귀한 책이기도 해요. 남들은 알아주지 않지만 팔 수 없는 귀한 책이 있고, 남들이 귀하다고 비싼 값에 사가는 책이 나에게는 그냥 책일 수도 있어요. 책을 하나하나 포장하다 보면 하나같이 소중한 물건으로 바뀌기도 해요."

비가 한 방울씩 떨어졌다. 아쉽지만 장은 진열대를 정리해야 했고 더 이상 대화를 이어나갈 수 없었다. 장과 작별 인사를 하고 돌아서면서 나는 어린 시절의 책방 골목으로 다시 달려가고 있었다.

한국에서, 비 오는 어느 날의 일이다. 내 손에는 우산이 없었다. 지금처럼 비를 맞으며 걷고 있었다. 책방 골목에 접어들었을 때 빗방울이 굵어져 책방에서 쳐놓은 천막으로 잠시 몸을 피했다. 서점 안에는 사람들이 많지 않았다. 건물과 건물 사이, 천막과 천막 사이로 조각난 하늘을 올려다보았다. 천막 위로 떨어진 빗방울이 끄트머리로 미끄러져 또르르 떨어졌다.

"2주 후에 다시 올 테니 이 책은 팔지 말아주세요."

비에 고정되어 있던 시선이 말이 들리는 쪽으로 향했다. 검은 뿔테 안경을 쓴 젊은 남자 하나가 책방 아저씨에게 사정을 하고 있었다. 그가 손에 든 책은 반나절이나 걸려 찾아낸 것이라고 했다. 그러나 어이없게도 돈이 모자란 모양이었다. 계속 쳐다보는 것이 결례 같아 다시 하늘을 올려다봤지만 귀는 여전히 그들에게 머물렀다.

"2주는 너무 길어"라며 고개를 갸우뚱거리는 아저씨에게 그 젊은 남자는 책을 찾기 위해 얼마나 오랜 시간이 필요했는지, 왜 이 책이 꼭 갖고 싶은지에 대해 열심히 설명했다. 애석하게도 정확한 내용은 조각난 하늘처럼 기억에서 지워져버렸다. 단지, 아저씨가 너털웃음 지으시며 기다리겠노라고 하던 것이 생각난다. 그 젊은 남자는 아저씨가 사양하는데도 끝끝내 얼마 되지 않는 꾸깃꾸깃한 돈을 건네고 빗속을 달려갔다. 이후 그가 원하던 책을 가질 수 있었는지 모르겠다. 그가 그 책을 자신의 책장에 꽂아놓고 지금도 이 순간을 기억하고 있는지, 아니면 까마득하게 잊어버렸는지도 알 수 없었다. 그 젊은 남자에게 그 책은 아마도 장이 말하는 '귀한 책'이고 '누군가와의 기억이 담긴 책이 아니었을까' 하고 생각해본다.

웬일인지 이 일은 내 일처럼 기억 한 칸을 차지하고 있다. 이 기억으로 다른 기억 하나가 지워진다 해도 얄밉지 않다. 요즘처럼 책 구하기 쉬운 세상에서 오히려 고마운 추억이다. 굵지 않은 빗줄기에 발걸음이 가볍다.

| 인쇄 박물관 |

리옹 2지구 풀라이리(Poulaillerie) 거리의 쿠론(Couronne) 저택에 자리 잡고 있는 인쇄 박물관은 출판·인쇄의 문화와 역사가 숨 쉬고 있는 유럽의 명소 중 하나다. 르네상스 시대에 리옹은 활자본의 출현과 함께 출판 도시로서의 명성을 떨쳤으며, 당시 출판에 대한 은행의 뒷받침은 각 분야별로 다양하게 책을 출판하는 데 지대한 영향력을 끼쳤다. 모리스 오댕(Maurice Audin), 앙드레 잠(André Jammes), J.B 바이에르(J.B Baillière), 루이 므와이루(Louis Moyroud) 등 책과 관련된 일에 종사했던 사람들의 자료와 기록들이 함께 어우러져 박물관이 만들어졌다.

인쇄 박물관에는 책, 판화, 신문, 삽화, 간행물 등 15세기에서 20세기까지의 귀중한 자료들이 집대성되어 있다. 출판사들의 다양한 출판물을 통해 인쇄술의 발달 과정을 알아보는 재미가 있으며, 미적인 관점에서 타이포그래피, 레이아웃, 일러스트레이션 등을 보는 재미도 아주 크다.

또한 귀스타브 도레(Gustave Doré)의 삽화가 그려진 16세기 프랑스 대표 작가 프랑수아 라블레(François Rabelais)의 전집을 비롯해 그 밖에 1000여 권의 책이 박물관에 전시되어 있다.

이 밖에도 성서에 쓰였던 600여 개의 판화와 그 인쇄물들을 감상할 수 있으며, 초기 인쇄업자들이 사용했던 인쇄기도 만날 수 있다. 활자 인쇄술에 사용되었던 도구들, 책장 여백을 장식하던 문양들, 인쇄 활자의 모형 등 풍부한 수집품도 함께 전시되어 있다. 한마디로 그래픽 기술의 거의 모든 형태를 시대별로 관람할 수 있는 곳이다.

인쇄 박물관은 또한 알파벳 하나하나를 끼워 넣어 글자를 만들고 잉크 칠을 해서 인쇄 압축기에 넣은 후 인쇄물이 되는 과정을 직접 체험하는 기회도 제공해준다.

단 올만의 미니어처

걸리베르를 아시나요?

"인터뷰 내용을 녹음해도 될까요?"

"커피 내리는 소리부터 녹음하는 건 어때요? 드르르르르……."

해맑게 웃는 단 올만(Dan Ohlmann)의 첫인상은 유쾌했다.

어릴 적 꿈이 무엇이었느냐는 질문에 단은 "『걸리베르 여행기』를 아세요?"라고 물었다. 나는 걸리버의 불어 발음 '걸리베르(Gulliver)'를 못 알아들었다.

"어린 시절 내내 걸리베르와 놀았어요. 걸리베르는 나에게 많은 것을 상상하게 했어요."

"걸리베르가 누구예요?"

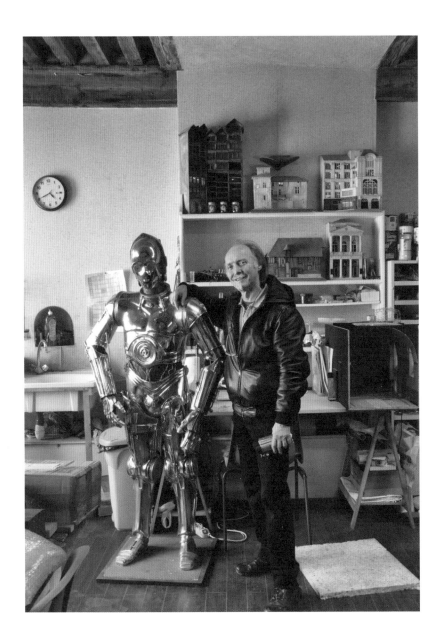

단은 이 질문을 아주 좋아했다. 그는 나에게 걸리베르 이야기를 아이처럼 신 나게 들려주었다.

"어린 걸리베르는 커다란 배를 타고 바다 여행하는 것이 꿈이었어요. 아버지의 뜻에 따라 의사가 되었지만 그의 가슴속에는 어릴 적 꿈이 항상 꿈틀거렸지요. 걸리베르는 선의가 되어 항해의 길에 올라요. 그런데 그를 실은 배가 아프리카 남쪽 끝에 있는 희망봉을 돌아 인도양에 들어섰을 때 난폭한 폭풍을 만났어요. 무서운 기세로 달려드는 파도에 배는 난파되었고 걸리베르는 간신히 널빤지를 잡고서 정신을 잃었죠. 물살은 그가 올라탄 널빤지를 소인국으로 데려갔어요."

단의 목소리가 점점 더 커졌다.

"이렇게 걸리베르의 소인국 여행기가 시작됐어요. 소인국은 모든 것이 걸리베르가 사는 세상과 똑같았죠. 단지 사람들이 손가락만 할 뿐이었어요. 50대의 수레에 싣고 온 음식이 걸리베르에게는 한 숟가락도 안 되는 양이었을 뿐이에요. 그런 그들도 사랑하고 미워하고 싸우기까지 했어요."

내용을 듣고 있자니 내가 잘 아는 이야기였다.

"아, 『걸리버 여행기』! 이 책 저도 잘 알아요."

"한국말로 뭐라고요?"

단은 내 말을 따라 했다.

상상 속 세계를 좋아하는 단 올만. 『걸리베르 여행기』를 본 이후로 미니어처 세계를 찾아다녔다.

"걸리버 여행기."

한 권의 책에 의해 인생이 바뀔 수도 있다. 단은 『귈리베르 여행기』를 통해 인생을 걸 만한 일을 만났다.

"내 눈 앞에 차도, 비행기도, 배도 없었어요. 하지만 나는 상상 속에서 배를 타고 비행기를 탔어요. 상상 속에서 항상 미니어처 세계를 찾아다녔지요. 미니어처는 나를 설레게 해요."

소인국 여행에 이어 귈리베르는 거인이 사는 섬에 홀로 남겨지게 되고 해적에 의해 말의 나라에 버려지기도 했다. 어려운 고비와 맞닥뜨렸음에도 그는 호기심을 잠재우지 못했다. 다시는 바다 여행을 하지 않겠다고 굳게 결심했지만, 바다 이야기에 가슴 뛰는 것을 가라앉힐 수 없었다.

단도 그랬다. 미니어처 세계는 항상 그를 가슴 뛰게 했다.

미니어처
세계

고가구를 새로 만들고, 실내 인테리어 일을 하던 단이 극장과 오페라 하우스 모형을 만드는 일에 전념하게 된 것은 1980년부터였다. 단은 그때부터 작은 세상에 대한 열정에 불을 지폈다.

"미니어처(축소 모형) 예술가들은 일반적으로 하이퍼리얼리즘(hyperré alisme)을 추구해요. 하이퍼리얼리즘은 현실을 생생하고 완벽하게 그려내는 것이 특징이에요."

미니어처 작품 하나하나에는 저마다의 이야기가 들어 있다.

1987년 파리의 유명 레스토랑 '막심(Maxim's)'에 전시된 그의 하이퍼리얼리즘 작품은 당시 프랑스를 놀라게 했다. "사람들의 관심에 나도 놀랐어요"라고 단은 회상했다. 이후 그는 언론의 주목을 한 몸에 받게 되었다.

미니어처에 대한 단의 열정은 세계의 미니어처를 찾아다니는 여행으로 이어졌다. 자신의 작품을 창작하는 데 그치지 않고 미세 화가들과 미니어처 작가를 찾아다녔다. 단은 세계 미니어처 작가들의 작품에 감탄했다. 그리고 이 시기에 단이 기획한 미니어처 국제 페스티벌은 대성공을 거두었다.

"나와 같은 상상을 하고 같은 꿈을 꾸는 친구를 만나는 일은 정말 행복했어요."

그는 '단 올만의 미니어처'라는 이름으로 프랑스는 물론 유럽과 일본, 미국까지 순회 전시를 하기에 이르렀다. 1989년에 단은 15일간의 전시를 위해 리옹에 도착했다. 그때 그는 파리를 떠날 결심을 했다고 한다.

"리옹은 정말 아름다운 도시예요."

미니어처가 만든
또 하나의 열정

　　　　　　　　단의 제안으로 우리는 사무실을 나와 박물관을 관람하며 이야기를 나누었다.

단이 만든 '미니어처 영화 데코 박물관' 1층 로비에는 항상 사람들이 북적거린다. 전시된 몇몇 미니어처 작품과 영화 소품들이 시선을 사로잡기 때문이다. 여기에서는 단 올만이 미니어처를 만들고 있는 장면을 동영상으로 도 볼 수 있다.

지하 1층에는 영화 〈향수(Le Parfum)〉의 세트장이 재현되어 있었다. 1985 년 세상에 나온 파트리크 쥐스킨트의 소설 『향수』를 20여 년이 지나 톰 티크 베어 감독이 영화화했다. 영화에서 주인공 장바티스트 그루누이는 향수제 조사 주세페 발디니 몸에서 나는 '사랑과 영혼'이라는 향수의 냄새를 맡은 후, 그 자리에서 향수를 똑같이 만들어낸다. 그 장소가 박물관에 설치되어 있었다. 라임 오일, 오렌지 꽃, 박하 파출리, 클로버 등의 원액이 담긴 병들 이 진열되어 있었고 일만 송이 장미를 한 방울의 오일로 만들던 주세페 발디 니의 기계가 놓여 있었다. 그 옆에서 밀랍인형 장바티스트가 향수를 제조하 고 있었다.

"뮌헨에 있던 영화 〈향수〉의 세트장을 무대장치 팀이 직접 재구성한 곳이 에요."

"향수병이 진열되어 있는 발디니의 사무실, 고급 향수 가게, 장바티스트 가 태어난 생선가게 등, 이 세트장을 다시 만드는 데 얼마의 시간이 걸렸어 요?"

"무대장치 팀 여덟 명이 6개월에 걸쳐 재현한 거예요."

"세상에는 아주 많은 영화가 있는데 왜 영화 〈향수〉를 선택하신 거죠? 이 렇게 많은 공간을 세트장으로 설치하신 특별한 이유가 있나요?"

"〈향수〉의 무대장치 팀은 영화세계에서 아주 유명해요. 그들의 무대장치 는 독특하고 탁월하죠. 그리고 영화 〈향수〉는 프랑스 대혁명 직전 18세기의 파리 분위기를 아름답게 표현하고 있어요."

"한 가지 궁금한 점이 있어요. 당신은 미니어처를 만드는 사람이에요. 이곳은 미니어처 영화 데코 박물관이라는 이름과 함께 영화와 관련된 것이 전시되어 있는데, 당신 삶에서 영화와 미니어처가 어떤 관계가 있나요?"

"세계의 미니어처를 찾아다니던 중 스타워즈의 무대장치 팀을 만나게 되었고 우리는 친구가 되었어요. 미니어처를 이용한 그들의 작업은 나를 매료시켰어요. 그때, 나에게 영화 소품 수집이라는 또 하나의 열정이 생긴 거예요. 영화의 숨겨진 작업들을 알리고 싶어졌어요. 여기 리옹은 제7예술인 영화가 탄생한 곳이라 의미가 더 크기도 해요."

단은 영화의 특수효과에 쓰였던 미니어처 작품과 영화 소품들을 20년 동안 지속적으로 전시하는 데 열정을 쏟고 있다고 했다.

그에게서 하나의 미니어처를 만드는 데 짧게는 3개월, 길게는 1년 넘게 공을 들여야 한다는 이야기를 들었을 때, 문득 영화에 사용되는 미니어처가 한순간에 파괴되거나 사라지는 장면이 떠올랐다. '오랜 시간을 걸쳐 만들어낸 작품이 와르르 무너져버리거나 불탈 때, 그것을 지켜보는 심정은 어떨까?' 단은 말했다.

"그것은 멋진 영상으로 남아요. 미니어처는 여러 분야에서 아주 중요하게 사용되고 있어요. 건물을 지을 때에도 긴 시간을 들여 미니어처를 지어요. 작기만 한 미니어처는 무한한 상상력의 재현이라고 할 수 있어요."

박물관 2층에는 제목만 들어도 알 만한 영화들의 마스크, 의상, 축소 모형, 로봇, 소품 등이 전시되어 있었다. 영화 무대장치 팀들은 영화 작업이 끝난 후 공들여 만든 작품들을 기꺼이 리옹으로 보내줬다고 한다. 역시 열정적인 사람은 열정적인 사람을 알아보는 법이다. 단에게 보여준 영화 관계자들의 우정에 놀랄 따름이었다.

이야기 창고

　　　　　　　　　3층 전시실 문을 열어주며 단이 말했다.

"여기에는 미니어처 작품들이 전시되어 있어요. 미니어처 만드는 일은 공간에 상상을 불어넣는 거예요. 미니어처는 저마다의 이야기를 담고 있지요. 혼자 관람하면서 작품 하나하나의 이야기에 귀 기울여보세요."

전시실에는 세계 작가들이 만들어낸 작은 세상이 줄지어 서 있었다. 어두운 조명 덕분인지 작품 속으로 오롯이 빨려 들어가는 느낌이 들었다. 관람객들을 위해 작품마다 배치된 돋보기는 미니어처가 얼마나 정밀한지를 실감나게 해주었다. 거실, 침실, 서재, 욕실과 주방 등 일상에 널려 있는 장면들이 대부분이었다. 식료품 가게나 정육점 같은 상점도 많아서 지금 당장 작아진다고 해도 생활하는 데 전혀 문제가 없어 보였다. 걸리베르가 소인들을 처음 봤을 때 이런 놀라움이었을까? 이런 흥미로움도 있었을까?

책상 위에 아무렇게나 쌓여 있는 책들, 조금 전까지 사람이 앉아 있었을 것 같은 의자를 보면서 정말로 내 몸이 작아졌으면 좋겠다는 충동이 생겼다. 책 속에는 정말 글이 빼곡히 적혀 있을까? 탁자 위에 있는 안경을 써보면 어떨까? 도수가 있는 안경일까? 싱싱한 야채를 사서 어떤 요리를 하지? 소파에 둘러앉아 따뜻한 차를 마시며 무슨 이야기를 나눌까? 음악가의 방문이 열리면 어떤 곡을 연주해달라고 해야 하나? 가난한 화가의 다락방을 찾

돋보기로 보는 작은 세상, 미니어처. 보면 볼수록 내 몸이 작아졌으면 좋겠다는 충동이 생겼다.

은 햇빛에게 무슨 말을 걸지? 와! 예쁜 모자와 신발이다. 다 신어봐야지. 저기 저 옷장을 열면 어떤 옷들이 있을까? 여기 낡은 서랍장을 열면 누구의 편지가 나올까?

미니어처 세계는 상상의 세계였다. 눈으로 보이는 것 외에 다른 것들이 궁금해져서 자꾸만 질문을 던지게 되었다. 혼자 전시실을 둘러보게 해준 단의 배려가 고마웠다. 3층 전시실은 미니어처 작가들의 상상을 만나는 곳이었다. 내 상상을 보태는 재미가 쏠쏠했다. 상상의 공간에서 빠져나와 단의 사무실로 올라갔다.

꿈꿔라!
감동하라!

20년을 쉼 없이 달려온 단에게 물었다.

"당신을 이끌어가는 힘은 뭐예요?"

"두려움이에요."

나는 잠깐 귀를 의심했다. 내가 들은 말은 호기심도 아니고 도전 정신도 아니었다.

"두려움이라고요?"

두려움이 어떻게 앞으로 나아갈 수 있는 힘이 될 수 있는지 이해할 수 없었다. 긍정의 힘이나 희망과 꿈 같은 단어가 아닌 두려움이 어떻게 우리를 지탱하느냐고 되물었다.

"한 번도 두려운 적이 없었어요?"

"물론 두려운 적은 있어요. 하지만 제게 두려움은 행동을 멈칫하게 만드는 것이었어요. 그래서 이해하기가 쉽지 않아요."

"나와의 약속을 지키지 못하면 어떻게 하나, 혹은 사람들의 기대에 미치지 못하면 어떻게 하나, 하는 두려움은 나를 언제나 최선이라는 이름으로 데려가 주었어요. 내가 말하는 두려움이 바로 당신이 말하는 도전과 모험의 다른 얼굴이에요."

도전과 모험 옆에 두려움은 항상 따라다닌다. 두려움과 두 팔 벌려 맞서고 있는 단은 끊임없이 새로운 시작을 꿈꾸는 사람이었다.

"미니어처 영화 데코 박물관은 걸리베르와 함께 미니어처 세계를 돌아다니던 한 소년의 꿈과 열정의 산물이네요."

단은 이 말에 동의하지 않았다.

"이곳은 세계 각국의 미니어처 작가들과 영화 특수효과 제작자들의 꿈이 모여 만들어진 곳이에요."

단은 이렇게 이야기하고 있었지만 나는 그의 열정이 시작의 불씨였다는 것을 모르지 않았다. 한 사람의 열정에 다른 사람의 열정이 보태졌을 때 얼마나 큰 에너지를 불러일으키는지 실감했다.

"미니어처는 놀라운 세계예요. 나는 이 세계를 알리는 일이 행복해요. 계속해서 영화의 숨겨진 세계도 알릴 거예요."

"그런데 세계의 작가들을 어떻게 만났어요?"

그는 손가락으로 컴퓨터를 가리켰다. 인터넷에서 미니어처 작가를 발견하면 단은 비행기를 탔다.

"미니어처 작가를 꿈꾸는 사람에게 어떤 이야기를 해주고 싶으세요?"

"꿈꿔라! 그리고 모든 것에 감동하라! 이 말은 내가 스스로에게 하는 말이기도 해요. 나는 끊임없이 감동해요. 그리고 꿈을 꿔요."

단은 젠틀한 사람이었다. 그가 내게 관심을 가지게 된 이유는 아직 미니어처를 만드는 한국 작가들을 못 만났기 때문이었다. 정말 못 말리는, 그래서 멋진 단이었다.

"시처럼 아름다운 여행을 함께할 한국 작가를 찾고 있어요."

| 영화의 도시, 뤼미에르 박물관 |

리옹은 제7의 예술이 탄생한 곳이다. 루이 뤼미에르(Louis Lumière)와 오귀스트 뤼미에르(Auguste Lumière) 형제는 브장송(Beançon)에서 태어나 어린 시절 리옹으로 이사를 왔다. 이후 25년 뒤 그들은 리옹 몽플레지르(Monplaisir) 지역에서 영화 촬영기와 영사기를 겸한 시네마토그라프(Cinématographe)를 발명했다. 이로 인해 리옹은 영화의 도시라는 명성을 얻었다.

뤼미에르 형제가 제작한 영화는 1895년 12월 28일 파리의 '그랑 카페'에서 세계 최초로 대중 앞에 선보였다. 그전에도 시범적인 상영이 몇 차례 있었지만, 오늘날의 영화관처럼 유료로 상영되었다는 점이 달랐다고 한다.

그날 〈리옹의 뤼미에르 공장을 나서는 노동자들(La sortie des Usines Lumière à Lyon)〉'을 포함해서 열 편의 짧은 영화가 상영되었다. 각 작품들은 1분이 채 안 되는 짧은 작품이었다. 〈리옹의 뤼미에르 공장을 나서는 노동자들〉은 영화 촬영기를 고정시켜놓고 공장

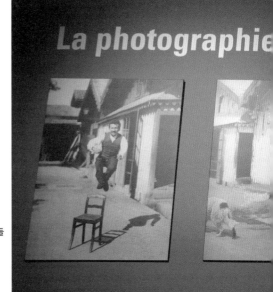

을 나서는 노동자들의 모습을 찍은 작품이다. 퇴근하는 사람들의 움직임만을 보여주는 단순한 기록이었다.

같은 해에 만들어진 영화 〈열차의 도착(L'Arrivée d'un train en gare de La Ciotat)〉은 기차가 연기를 품으며 시오타 역에 도착하고 사람들이 타고 내리는 모습을 보여주었다. 이 영화 역시지금 보면 단순한 영상이지만, 1895년당시 뤼미에르 형제의 영화는 매우 혁신적인 것이었다. 〈열차의 도착〉을 본사람들은 기차가 선로를 빠져나와 자신에게 달려오는 착각에 공포를 느끼며 탁자 밑으로 숨기도 했다고 한다.

뤼미에르 형제는 그 밖에도 사진기의 발명과 함께 컬러 사진술과 파노라마 사진술을 개발했다. 그리고 1920년에는 입체사진술(photostéréosynthèse)

뤼미에르 형제가 발명한
'시네마토그라프'. 뤼미에르 박물관에 전시되어 있다.

뤼미에르 박물관에 전시되어 있는 스냅사진.

까지 개발하여, 1935년 이를 이용한 영화를 만들어냈다.

1899년 창립된 뤼미에르 박물관에는 시네마토그라프, 360도 파노라마식 사진기 (Photorama) 등 뤼미에르 형제의 발명품과 이 발명품으로 촬영된 순간 포착 사진, 컬러 사진 등이 전시되어 있다.

박물관에는 또한 형제의 아버지 앙투안 뤼미에르가 사용했던 방이 그대로 보존되어 관람객의 눈길을 끈다. 또 단 올만이 제작한 앙투안 저택의 미니어처 작품도 볼 수 있다. 건물 정면에 세워진 스크린 모양의 '뤼미에르 형제' 기념비도 볼거리 중 하나다.

거리의 재즈 연주자들

손 강을 흐르는
음악

그들을 만난 것은 일요일 아침 손 강을 걷고 있을 때였다. 햇살이 눈부시게 아름다운 날, 음악에 빠져 있는 사람들 틈을 비집고 들어가 다섯 명의 얼굴을 봤을 때, 연주에 심취해 있는 연주자들의 표정이 더 음악 같다는 생각이 들었다. 음악에 발이 묶인 사람들의 표정이, 몸에서 저절로 흘러나오는 춤사위가 강 풍경에 녹아내렸다. 한 곡이 끝날 때마다 박수 소리가 터져 나왔다. 한 아이가 눈을 떼지 못하고 연주하는 사람들을 보고 있다가 박수 소리에 맞춰 뒤뚱뒤뚱 걸어 나가더니, 가지고 있던 동전을 앉아 있던 연주자의 기타 구멍 속에 넣는 통에 주위는 웃음바다가 되기도 했다.

음악이 다시 시작되자 한 여자의 긴 머리가 바람의 리듬을 타고 오선지를 그렸다. 한바탕 웃던 사람들은 어디로 가고 순식간에 음악에 젖어 있는 사람들뿐이다. 갑자기 두 여인이 강둑에서 춤을 추기 시작했다. 거리의 재즈 연주자는 음악에 심취해 있는 사람을 세상 밖으로 데려갔다. 누구에게도 옆을 지나가는 차 소리가 들리지 않는 듯했다.

그들은 재즈 그룹 '가조 로코(Gadjo Loco)'였다. 난 그들에게 편지를 보내기로 결심했다.

물길을 따라와 당신들의 음악을 들었어요. 음악은 제게 영감을 주는 물과 같은 존재예요. 손 강에서 음악을 연주하는 당신들의 모습은 내게 물 위에서 물을 연주하는 것처럼 보였어요. 당신들의 음악 이야기를 듣고 싶어요.

당신은 물이 우리 음악의 중심이라는 것을 아시나요? 당신은 우리를 놀랍게 표현했어요. 우리는 시간이 날 때마다 손 강 인근에서 연주해요. 〈강(River)〉, 〈다리 아래서(Sous le pont)〉, 〈대서양(Transatlantique)〉 등 우리가 작곡하고 연주하는 음악은 물과 관련이 있어요. 물은 우리가 추구하는 음악 세계와 같아요.

멤버인 줄리앙(Julien)은 내게 보내는 답장에서 그들 음악의 중심에 물이 있다고 말했다. 나는 내 이야기를 했는데 그들은 그들의 이야기로 들었다. 나에게 음악이 물 같은 존재라는 말이, 그래서 물(손 강)에서 물(음악) 연주를

손 강의 강둑에서 연주하는 거리의 재즈 연주자들은
자신들 음악의 중심에 물이 있다고 말했다.

봤다는 말이, 그들에게는 그들이 추구하는 음악 세계를 알아주는 사람을 만
났다는 기쁨이 되었다. 공감의 절정이란 이런 것일까? 리옹이라는 도시를
선택하는 순간부터 샘솟았던 물줄기가 한꺼번에 터져 나오는 것 같았다. 말
로 표현할 수 없던 것들을 글로 표현할 수 있다는 사실에 감사했다. 글을 통

해 어제까지 몰랐던 사람들이 각별한 관계로 이어진다는 게 놀라웠다. 한 통의 편지로 그들은 완전히 마음을 열었다. '물은 우리 음악의 중심이다'라는 답장을 받았을 때 난 문득 바르브 섬이 떠올랐다.

바르브 섬

'아니, 리옹에 섬이 있다고?'

손 강에 조그마한 섬 하나가 있다는 이야기를 듣고 버스에 몸을 실었다. 바르브 섬(l'ile Barbe)을 향해 달려가면서 언젠가 배를 빌려 무인도에 들어간 기억을 더듬었다.

배는 일행을 남겨두고 섬을 떠났다. 배가 사라질 때까지 물끄러미 바다를 지켜봤다. 배가 하나의 점이 되었을 때 사방이 바다였다. 섬의 시간은 육지의 시간과 달리 아주 더뎠다. 섬을 한 바퀴 도는 동안 방향은 지워지고 없었다. 육지가 있음직한 곳을 쳐다봤을 때 내 가슴에 섬 하나가 생겼다. 그때부터일까? 섬은 나를 붙잡고서 놓아주지 않았다. 섬은 마음을 들여다보는 거울이었다. 섬 이야기만 나오면 달려가고 싶었다. 자진해서 섬에 갇히고 싶었다.

바르브 섬은 소풍 나온 사람이 간간이 있을 뿐 사람이 그리 많지 않았다. 섬 끄트머리에서 론 강을 만나기 위해 달려가는 물길을 보았다. 벤치 위에 내려앉은 햇살처럼 앉았다. 작은 배 하나가 소리 없이 물살을 가르며 지나갔다. 4월이 강물에 빠져 있었다. 물오리 세 마리가 강에 그려진 그림을 지웠다. 자꾸 졸음이 왔다.

거리의 음악가들이 자주 연주하는 장소인 손 강은 바르브 섬을 지나 흘러 갔다. 물을 거슬러 올라가 바르브 섬에서 연주를 들으면 어떨까 하는 생각 에 그들에게 편지를 썼다.

물이 당신들 음악의 중심이라 하셨지요. 손 강에서 자주 연주한다고 하셨 고요. 손 강을 거슬러 올라가 보는 건 어때요? 혹시 5월이나 6월 중 어느 하 루, 바르브 섬에서 연주하는 건 어떠세요? 관객이 없을 수도 있어요. 어쩌면 당신들과 나뿐일지도 몰라요.

인적 드문 섬에서 연주를 부탁하다니, 무모한 제안이었다. 악기가 가벼운 것도 아니고 수입이 생기는 일도 아니었다. 그러나 섬에서의 연주는 상상만 으로도 기분을 들뜨게 했다.

나는
뮤지션이다

내 편지를 받은 그들에게서 연락이 왔다. 색소 폰과 하모니카를 연주하는 제레미(Jérémie)의 제안대로 멤버들을 일대일로 만나기로 했다. 줄리앙은 테로 광장에서, 기욤(Guillaume)은 생장 대성당 앞 에서, 제레미는 오페라하우스에서 만났다. 시몽(Simon)은 벨쿠르 광장에서,

손 강에 위치한 바르브 섬에서의 시간은 육지의 시간과는 달리 아주 더뎠다.
섬을 한 바퀴 도는 동안 방향은 지워지고 없었다.

뤼도비크(Ludovic)는 페라슈 역에서 만났다.

타악기인 카혼(Cajon)을 연주하는 줄리앙은 맏형으로 배려가 깊은 사람이었다. 내가 질문도 하기 전에 자기 이야기를 술술 풀었다.

"이 그룹을 하기 전에 3년 동안 음악을 완전히 떠나 있었어요. 그때 음악 없이는 삶의 균형을 잃어버린다는 것을 알았죠. 음악은 내 삶의 뿌리예요. 내 감정 하나하나를 깨워줘요."

파리에서 살던 줄리앙은 생조르주 성당 앞에서 공연하고 있던 당시 가조 로코의 음악을 우연히 듣고 운명적으로 다시 음악을 시작했다. 가조 로코에 합류한 줄리앙에게 거리 연주는 잃어버렸던 음악을 되찾게 해주었다.

"무언가 완전히 잃어본 사람은 더 쉽게, 더 깊게, 더 본질적으로 채워나가는 방법을 알아요. 때문에 잃은 것은 잃은 게 아니에요."

음악을 하며 사는 삶이, 지금처럼 음악 이야기를 하는 것이 얼마나 행복한지 줄리앙의 표정만으로도 알 수 있었다. 줄리앙 덕분에 서로에 대한 공감과 신뢰가 얼마나 큰 능력을 발휘하게 되는지 체험했다. 나는 몇 시간 동안 이어진 대화 내용을 거의 다 알아들었다. 그 동안 많은 사람들과의 만남이 있었기에 가능한 일이지만 공감대의 형성은 긴장감을 없애주는 데 큰 역할을 했다. 시간이 아주 빨리 지나갔다.

다음 날, 기욤을 만났다.

"거리에서 연주할 때 가장 큰 기쁨은 뭐예요?"

"가까이 다가와 귀 기울여 들어주는 사람과의 만남이 최고의 기쁨이에요. 즉흥적으로 작곡하며 연주할 때 사람들이 그냥 지나치면 그건 별로 재미없는 곡이란 뜻이에요. 사람들이 발을 멈추고 옆에 앉아 음악을 들으면 그건 좋은 곡이란 뜻이고요. 관객의 귀는 정말 예리해요. 나는 거리에서 음악을 배웠어요."

"몇 살 때부터 거리 공연을 하셨어요?"

"열여섯 살 때부터요."

기욤은 네 살 이후부터 음악이 없는 세계는 생각해본 적이 없었다고 한다. 기타와 밴조의 현을 누르고 튕기는 손끝이 딱딱하게 굳어 있었다. 밴조

소리를 한번 듣고 싶다는 말에 기욤은 〈다리 아래서〉라는 곡을 연주했다. 그의 눈빛이 반짝였다. 창에서 햇빛이 쏟아졌다. 대화 중에는 느끼지 못하던 햇살이 이쯤에서 등장하더니, 기다렸다는 듯 연주하는 기욤의 등을 어루만졌다.

이틀 후에는 제레미를 만났다.

"많고 많은 악기 중에 왜 하모니카를 선택했어요?"

"하모니카는 비싸지 않았어요."

제레미의 솔직한 대답에 조금 당혹스러웠다. 길에서 처음 만난 날에도 그랬다. 이름과 이메일 주소를 적어달라는 말에 제레미는 선글라스를 벗고 코가 노트에 닿을 정도로 가깝게 얼굴을 갖다 대고 글을 적었다. 빛이 있을 때는 잘 보이지 않았기 때문이다.

"불편하지 않으세요?"

"괜찮아요. 눈에 작은 문제가 있긴 하지만 대신 귀가 아주 발달해 있거든요. 귀는 나에게 훌륭한 선생님이에요. 음악을 한 번 들으면 웬만한 건 그 자리에서 다시 연주할 수 있어요. 내 머릿속에는 500곡이 넘는 악보가 있거든요. 그걸로 충분해요. 나는 뮤지션이거든요……."

잘 보이지 않지만 '뮤지션'이라서 괜찮다고 말하는 제레미를 잠시 바라보았다.

"왜 음악가가 되셨어요?"

"어렸을 때는 항상 슬펐어요. 말이 서툴렀던 나는 늘 혼자였고 다른 사람과 어떻게 소통해야 하는지 몰랐어요. 지금도 여전히 말이 서툴긴 하지만 음악을 하면서 세상과 말하고 공유하는 방법을 알게 됐어요."

이틀 전 기욤은 말했다.

"하모니카를 연주할 때는 폐활량이 중요해요. 제레미처럼 긴 호흡으로 하모니카 연주하는 사람은 드물어요. 제레미는 실력 있는 뮤지션이에요."

이 말을 전해들은 제레미는 "고맙다! 기욤" 하며 주머니에서 바로 하모니카를 꺼내 들었다. 제레미는 모든 것을 말보다 행동으로 보여줬다. 음악으로 말하는 게 더 편해 보였다. 색소폰 이야기를 할 때는 색소폰을 꺼내 불었고, 그 외 또 어떤 악기를 다루느냐는 질문에 옆에 있는 피아노로 다가가 건반을 두드렸다.

"기욤과 당신이 주로 작곡을 한다는 얘기를 들었어요"라는 말에 그는 또다시 자리에서 일어섰다. 어제 작곡한 게 있다며 방에서 악보 하나를 가지고 나왔다.

"악보에 기록하는 게 어렵지 않나요?"

"밤에는 보는 게 조금 나아요. 불편하지만 다른 멤버를 위해 필요한 작업이에요."

나는 악보 위에 그의 이름을 적어주었다. 한글로 적힌 제 이름을 보기 위해 제레미는 악보를 눈 바로 앞까지 갖다 댔다. 눈과 악보의 거리가 5센티미터는 될까?

"정말 예쁘네요. 당신의 이름도 적어주세요."

"어디? 악보 위에요?"

"예, 내 이름 옆에……."

어제 저녁 제레미가 작곡한 곡 위에, 아직 제목도 없는 악보 위에 내 이름 석 자가 적혔다. 제레미는 장점이 많은 사람이었다. 정직하고 순박하고 풍부한 감정의 소유자였다.

줄리앙, 기욤, 제레미의 음악에 대한 순수한 열정에 신바람이 났다. 그들과 헤어지며 돌아서는 길이 뭉클한 여운으로 가득 채워졌다.

"우리와 함께하지 않겠어요?"

제레미와 기욤, 뤼도비크가 거리에서 기타를 치던 청년 시몽에게 한 말이었다. 시몽은 이후 제레미가 건네준 가조 로코의 앨범을 듣자마자 그룹에 합류했다.

"'Gadjo(가조)'는 '여행하는 사람'이라는 뜻이고 'Locaux(로코)'는 '여러 지방'이라는 뜻이에요. 음악이 있는 곳이라면 어디든지 여행하는 사람을 의미하지요. 'Locaux'를 음이 같은 스페인어 'Loco'로 표기해 그룹 이름을 'Gadjo Loco'로 부르고는 하는데, 'Loco'는 '광적'이라는 뜻이에요. 가조 로코는 음악에 대한 '광적인 사람들'이란 뜻도 있어요. 같은 곳을 보고 같은 것을 지향하는 우리에게 정말 잘 어울리는 이름이죠? 난 우리 그룹 이름이 참 좋아요."

시몽은 계속해서 거리 공연 여행에 관해 들려주었다.

"여름에 차를 빌려서 음악 여행을 했어요. 맘이 닿으면 어디든 차를 세웠죠. 자연에 흠뻑 젖어 기타를 쳤어요. 음악을 사랑하는 사람과 만나 음악 이야기를 했고요. 음악 여행은 우리가 서로를 들여다보는 작업이기도 해요. 멤버들은 서로의 음악을 들을 줄 알아요. 그들과 함께 음악을 하는 것은 행운이에요. 음악 여행은 거리 공연의 진정한 멋을 마음껏 즐기는 시간이지요. 우리에게 감동을 주는 음악이 다른 사람을 감동하게 한다는 것도 알았어요."

마지막으로 뤼도비크와의 만남을 앞두고 있었다. 콘트라베이스를 연주하는 뤼도비크의 표정을 보고 반하지 않는 사람이 있을까. 음악은 물론이고 음악에 심취해 있는 뤼도비크의 표정은 사람들의 마음을 사로잡았다.

　　그와의 시간은 편안함 그 자체였다. 그의 입에서 나오는 생각들은 내 생각과 닮아 있었고, 거꾸로 내 생각을 말하면 그는 자기의 생각과 닮았다며 신기한 눈으로 나를 쳐다봤다. 우리는 서로 말이 필요치 않다는 것을 알았지만 더 많은 말을 쏟아냈다.

　　"음악은 다른 것들을 하나로 묶을 수 있는 삶의 방법이라고 생각해요. 마음속으로 깊숙이 들어갈 수 있어 좋아요."

하나 둘 셋 넷

　　　　　　　　　　가조 로코의 연습실을 찾았다. 내가 도착했을 때는 이미 연습이 한창이었다. 하나 둘, 하나 둘, 하나 둘 셋 넷……. 구령에 맞춰 밴조, 기타, 카혼, 콘트라베이스, 하모니카의 연주가 동시에 시작되었다. 여섯 개의 심장이 요동쳤다.

　　리허설에서 그들의 눈빛은 질투 나도록 아름다웠다. 온몸이 음악처럼 움직였다. 다섯 개 소리의 불협화음이 서서히 조화를 찾아갔고 재즈 연주자들의 이상과 꿈이 창작에 대한 열정 안에서 음악으로 태어났다.

　　네 시간 동안 몸은 그들 옆에 있었으나, 마음은 음악이라는 다른 세계에 빠져 있었고 그들의 음악은 내게 시가 되었다. 멋진 공연장에서 연주되는

완성된 음악이 아니라 좁은 공간에서 부분 부분을 맞추어나가는 작업이 이렇게 감동스러울 수 있다니! 음악만 듣는 게 아니라 그들이 가지고 있는 따뜻한 배려를 들을 수 있었기에 가능한 감동이었다. 아직 보완해야 할 게 많은 곡이라 했지만 그들의 연주는 그 어떤 공연 못지않게 나만을 위한 훌륭한 공연으로 다가왔다. '틈'이 있다는 것이 오히려 활력을 줄 수 있다는 사실에 이상하게 기운이 생겼다. 그들은 상상력의 빗장을 풀어주었다.

마음으로 듣는 음악

　　　　　　　"줄리앙, 바르브 섬에서의 연주를 제안했었는

각기 다른 장소에서 만나
대화를 나누었던 재즈 그룹
'가조 로코' 멤버들.
왼쪽부터 줄리앙, 기욤,
제레미, 시몽, 뤼도비크.

데 어떻게 생각해요?"

"기꺼이 연주하러 갈게요. 당신은 마음을 움직였어요. 더군다나 나는 아직 바르브 섬에 가본 적이 없는걸요. 리옹에 바르브 섬이 있다는 것도 몰랐어요. 이번 기회에 섬에 가볼 수 있어서 좋아요. 그러나 우리는 다섯 명이에요. 다른 멤버의 의견은 어떨지 모르겠어요. 각자에게 물어봐야 할 거예요."

"예, 그럴게요. 만약 다른 네 사람이 승낙하지 않는다면 당신 혼자서라도 갈 수 있나요?"

"당연하죠. 당신을 위해서 할게요. 우리의 음악을 알아주는 사람을 위해서 연주하는 일은 기쁜 일이에요."

줄리앙의 대답을 듣고 가슴이 뛰었다. 예상치 못했던 답이었다. 전혀 기대하지 않았던 답이었다. 기욤을 만났을 때 줄리앙의 대답을 먼저 가르쳐주지 않았다.

"음악이 있는 곳이라면 어디든 갈 수 있어요. 음악은 생활이거든요. 바르브 섬이 아닌 다른 어떤 곳이라 할지라도 내 음악을 듣고자 하는 사람이 있다면 달려갈 거예요. 그리고 그것은 나를 위한 일이기도 해요."

기욤 역시 혼자서라도 갈 수 있다는 대답을 주었다. 마음이 풍선처럼 부풀어 올랐다. 나머지 세 사람의 대답이 기대되면서 점점 흥미로워졌다. 아무것도 꾸미지 않고 음악만 생각하는 이들의 순수함에 빠져들고 있었다.

"하모니카 하나 주머니에 넣어 가면 돼요. 다른 멤버들이 문제지, 난 가뿐해요."

가볍고 망설임 없는 제레미의 말이었다. 줄리앙과 기욤의 대답을 들은 제레미는 말을 이었다.

"잘은 모르겠지만 시몽과 뤼도비크도 아마 승낙할 거예요."

제레미 말이 맞았다. 시몽은 "덕분에 멤버들과 소풍 가는 날이 되겠네요" 하며 좋아했고, 뤼도비크에게도 같은 대답을 얻을 수 있었다. 그래서 그룹인 걸까?

"콘트라베이스는 무거운데 거기까지 움직이는 거 괜찮겠어요? 제레미가 걱정하던데……."

"가방에 바퀴가 달려 있어서 문제없어요. 물 한가운데서의 연주라니 정말 근사해요."

단 한 사람의 관객을 위해서 그들 모두 기꺼이 연주하겠다고 말했다. 결국 다섯 명 모두 수락한 것이다. 1퍼센트의 기대도 없었던 제안이 100퍼센트의 긍정적인 답으로 돌아왔다.

6월 15일 바르브 섬에 가기로 한 날, 비가 내렸다. 비 내리는 거리에서 음악을 연주하는 것은 어려운 일이었다. 결국 섬에서의 연주를 듣지 못했다. 밴조, 기타, 카혼, 콘트라베이스, 하모니카 대신 비가 자연을 연주했다. 바르브 섬을 흠뻑 적셨다. 그래도 나는 그들의 대답을 또렷하게 기억한다. 서로를 최고의 뮤지션이라고 북돋아 주는 그룹 가조 로코의 음악을 귀가 아닌 마음으로 들었다.

"당연히 함께할게요.", "물론이에요.", "가능해요.", "멋진 생각인데요.", "소풍 같은 음악이 될 거예요."

바르브 섬 이야기는 이미 존재하고 있었다.

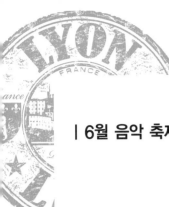

| 6월 음악 축제와 거리의 음악가들 |

'6월 음악 축제'는 프랑스를 대표하는 축제 중 하나다. 오후부터 음악을 좋아하고 악기를 다룰 수 있는 사람들이 하나둘씩 거리로 쏟아졌다. 음악 축제일이 되면 프로와 아마추어 상관없이 음악을 좋아하거나 악기를 다룰 수 있는 사람은 누구나 거리로 나왔다. 재즈, 클래식, 힙합, 월드뮤직 등 거의 모든 장르의 음악이 여기저기에서 울려 퍼진다.

1976년 라디오 프랑스(Radio France)에서 일하던 조엘 코엔(Joel cohen)의 아이디어였던 이 음악 축제는 모리스 플뢰레(Maurice Fleuret)와 자크 랑(Jack Lang)에 의해 1982년에 개최되었다. 2000년에는 유럽뿐 아니라 세계 100여개 국에서 동시에 음악 축제를 하는 진풍경이 벌어졌다. 이 음악 축제는 이제 프랑스를 넘어 세계의 축제로 자리 잡았다.

축제가 열리는 다리(Palais de Justice) 위에서 금관악기 연주하는 사람들을 만났다. 두 시간 동안 내 발목을 잡은 것은 이제 겨우 네 살인 레오(Léo)였다. 레오는 장난감 트럼펫을 연주했다. 숨을 들이쉬고 내쉬고, 앉았다 일어나며 음악에 취해 있는 모습은 정말 재미있는 광경이었다. 레오는 지치지 않았다. 네 살이라는 게 믿기지 않았다. 트럼펫을 연주하는 실뱅(Sylvain)과 눈빛을 나누기까지 했다. 놀란 나를 보며 튜바를 담당하는 레오의 엄마 아네스(Agnes)가 웃었다.

"레오는 배 속에서부터 연주를 했어요."

음악가들에게 거리 연주가 주는 가장 큰 즐거움이 뭔지 물었다.

"사람들과의 우연한 만남이 있어 좋아요. 한번은 자전거 동아리를 만났어요. 그들은 자전거를 타고 가면서 연주하는 것을 제안했어요. 생각도 못 했던 일이 벌어졌지요. 그들이 앞에서 페달을 밟고, 우리는 뒤에 앉아 연주를 했어요. 이색적인 풍경에 사람들은 박수를 보내줬어요. 잊을 수 없는 퍼레이드였어요."

"함께 연주하는 친구가 있어 좋아요."

"바람과 햇빛을 느끼며 연주하는 기분은 최고예요."

사람들은 한결같이 "모든 것이 즐거워요. 이것이 우리의 삶이에요"라고 말했다.

한번은 그랜드 피아노가 프낙(Fnac) 앞에 나와 있는 것을 보고 깜짝 놀랐다. 거리로 나온 피아니스트는 숲을 연주했다. '그런데, 피아노는 어떻게 가지고 왔지?'

리옹 거리를 걷다 보면 하루도 빠짐없이 거리의 음악가를 만날 수 있다.

나이가 믿기지 않을 정도로 능숙하게
장난감 트럼펫을 부는 네 살배기 레오.

예술의 거리를
거닐다

리옹 거리는 항상 활기가 넘친다. 햇살이 눈부신 날이면 사람들은 거리로 쏟아졌다. 담요와 식기, 심지어 와인 잔까지 챙겨 나와 점심을 먹는 사람이 있는가 하면 잔디에 누워 태양을 즐기는 사람도 많았다. 특히 예술의 거리, 책의 거리, 그리고 장이 서는 거리의 볼거리가 으뜸이다.

산들바람에 나뭇잎 부딪는 소리 들으며 그림을 감상하고 싶다면, 나뭇가지에 앉아 있는 새처럼 일요일 아침 노래를 부르고 싶다면, 그리고 사람 사는 냄새가 간절하게 그리워진다면 손 강의 로맹 롤랑(Romain Rolland) 강둑으로 가자. 앙상한 가지만 남아 있을 때에도 이곳에서는 그림들이 나무에 기대어 쉰다. 빗방울이 드문드문 떨어져도 그림들은 여느 때처럼 사람을 기다린다.

예술의 거리에는 화가와 조각가, 보석 세공인과 도예가 등 150명이 넘는 예술가가 모여 있기에 수많은 만남이 존재한다. 거리가 익숙해지기 전에는 어느 누구와도 얘기 나누는 것이 허락되지 않았다. 작품이 오롯이 눈에 들어와 마음에 자리 잡을 때까지 시간이 필요했다. 거리가 익숙해질 때까지 기다려야 했다. 점점 사람들의 얼굴이 보이기 시작했고 그림이 보였다.

상드린의 그림

한 여인이 내 눈 속으로 들어왔다. 그녀는 노트에 무언가 열심히 그리고 있었다. 아침 햇살이 그녀의 등과 머리카락 한 올 한 올을 감쌌다. 이른 시간이라 거리에는 사람이 많지 않았다. 약간 비켜난 자리에서 그녀의 모습을 카메라에 담았다. 그림 속에 빠져 있던 그녀는 나의 존재를 눈치채지 못했고 그 덕에 더 가까이 다가가 대범하게 사진을 찍을 수 있었다. 그녀는 고개 들 생각을 전혀 하지 않았다.

화가 앙리 루소(Henri Rousseau)를 좋아하는 그녀의 이름은 상드린 (Sandrine)이었다. 그녀의 그림이 검은 선으로 구획을 지어 단순한 형태를 만들고, 밝은 색으로 면을 구성하는 클루아조니슴(cloisonnisme, 구획주의) 화법—에밀 베르나르(Emile Bernard)가 제창한 화법—을 사용한다는 것은 나중에 알게 되었다.

솔직히 말해서 나는 화가의 그림을 마음으로 볼 뿐이었다. 미술 용어를 들먹이며 감상하기에는 아는 게 하나도 없었다. 상드린의 그림에는 푸르비

리옹 예술의 거리에서 그림을 그리는 상드린.

에르 대성당이 있었고, 내가 늘 지나다니는 생장이 있었다. 시장바구니를 들고 과일과 채소를 사던 곳이 그림 속에 담겨 있었고, 테트도르 공원에서 본 꽃들이 만발해 있었다. 그녀의 고향집에는 등나무가 있어 보랏빛 꽃향기를 풍기고 있으며 마당에는 포도나무가 있다는 것도 그림을 통해 알았다. 상드린은 자기가 살고 있는 세계에서 감탄하는 모든 것을 화폭에 담았다. 삶에서 느끼는 잔잔한 기쁨을 단순한 메시지로 아름답게 표현했다. 때문에 그녀의 그림은 친숙했다. 그림 속 싱싱한 채소들을 보면 상인과의 흥정 소리가 들렸고, 만발한 꽃을 보면 유모차를 밀고 꽃 옆을 지나가던 부부가 떠올랐다.

보졸레 포도밭

상드린의 미소는 부드럽고 따뜻했는데 그런 그녀와 함께 있다 보면 이런저런 이야기가 술술 나왔다. 나는 상드린에게 론 강을 내려가 과일을 재배하는 사람을 만나고 손 강에서 만난 음악가들이 바르브 섬에서의 연주를 계획하고 있다는 이야기를 들려주었다. 론 강 물줄기의 근원을 찾아 베르나데트와 알프스 산까지 갔다 왔다는 내 이야기를 들으며 상드린은 환하게 웃었다.

"내가 살고 있는 곳에도 손 강이 지나가요. 여기 리옹에서 북쪽으로 35킬로미터 떨어져 있는 '빌프랑슈 슈르 손(Villefranche-sur-saône)'은 보졸레의 중심지이기도 해요. '보졸레 누보'가 리옹을 대표하는 와인인 건 아시죠? 사

람들은 보졸레를 리옹의 세 번째 강이라 말하기도 해요."

귀가 솔깃해지는 말이었다. 보졸레는 리옹 근교의 위성도시 중 하나로 리옹과 밀접한 관련을 맺고 있는 곳이다.

며칠 뒤, 상드린의 초대로 손 강을 거슬러 올라갔다. 페라슈 역에서 기차를 타고 '빌프랑슈 슈르 손'에 도착했을 때 상드린은 아들 알로이스와 마중 나와 있었다. 우리는 만나서 후식으로 먹을 과일을 사기 위해 시장에 들렀다. 커다란 청과 시장 입구에서 상드린이 말했다.

"먹고 싶은 거 다 고르세요."

행복한 고민이 시작되었다. 시장을 한 바퀴 돌면서 놀랐다. 리옹 시내 물가가 비싼 데 비해 이 청과 시장은 달랐기 때문이다. 싱싱한 과일과 야채가 싼 가격에 진열되어 있었다. 이것저것 다 사고 싶어 눈이 둥그레졌다.

점심시간까지는 아직 시간이 있다며, 상드린은 모르공(Morgon)의 작은 골짜기로 나를 데려갔다. 그곳에는 14세기에 지어진 성 '샤토 뒤 수(Château du Sou)'가 있었지만, 월요일이라 문이 닫혀 있어 아쉽게도 성의 겉모습만 보고 돌아서야 했다.

집에 도착했을 때 상드린의 남편 아르노(Arnaud)가 반갑게 맞이해주었다. 상드린은 그림을 그리는 아틀리에가 따로 있지 않다고 수줍게 말하며 집을 안내했다. 얼마 지나지 않아 뒤뜰에 있는 테이블에 식사가 차려졌다. 키 큰 나무들이 동그란 테이블을 따라 뿌리내렸다. 나뭇가지들이 공중에서 만나

다채로운 색깔의 각종 과일과 야채가 즐비한
보졸레의 청과 시장.

테이블을 감싸고 있었다. 나뭇잎이 비나 눈을 다 막아줄 것 같았다. 시원한 바람이 불고 새가 노래하는 곳에 우리는 둘러앉았다.

닭고기 요리를 먹으며 아르노가 말했다.

"프랑스 사람들은 일요일에 닭고기 요리를 즐겨 먹어요."

앙리 4세가 모든 국민이 일요일에 닭고기를 먹을 수 있게 하라는 말을 했다는 사실은 리옹에서도 여러 번 들었던 이야기다. 며칠 전 한국으로 출장을 다녀왔다는 아르노에게 물었다.

"한국에서 가장 맛있게 먹은 음식이 뭐예요?"

그는 주저 없이 '삼겹살'이라 대답했다.

"삼겹살과 함께 나온 파타트(patate)가 참 맛있었어요."

리옹에서 한 번도 '고구마'를 본 적 없어서 '파타트'라는 말을 못 알아들었다. 그는 고구마를 설명하기 위해 감자를 말했고, 나는 어처구니없게도 "한국 감자는 아주 달고 맛있어요"라고 알아들었다. "그건 감자가 아니에요"라며 애써 설명까지 했으니······. 리옹에 돌아와서야 파타트가 고구마였다는 것을 알았다. 프랑스 고구마는 우리나라만큼 단맛이 나지 않는다는 것도 알게 되었다. 내게 파타트는 잊을 수 없는 단어가 되었다. 알로이스는 자기가 엄마한테 질문하는 것보다 더 많은 질문을 하는 내가 신기한 듯 쳐다보았다.

점심을 먹은 후 상드린은 보졸레 포도밭을 보여주겠다며 나를 이끌었다. 우리는 함께 차를 타고 포도밭에 도착했다. 포도나무에는 잎이 나 있었다. '이 포도나무에서 곧 열매가 열릴 거고, 그 열매들은 11월 셋째 주 목요일이 되면 보졸레 누보라는 상표를 달고 전 세계로 출하되겠구나!'

"저 멀리 포도밭 끄트머리에 보이는 강이 손 강이에요. 저 강이 바르브 섬을 지나고 우리가 만난 예술의 거리를 지나요."

상드린은 '트레부(Trévoux)'라는 작은 마을에 차를 세웠다. 내가 혼자서 마을을 둘러보고 강가로 돌아왔을 때, 상드린은 알로이스와 함께 나무에 기대앉아 그림을 그리고 있었다. 모자가 나란히 앉아 그림을 그리는 광경은 마을을 둘러보는 것보다 더 흥미로웠다. 나는 그들을 한참 지켜보았다. 일곱 살인 알로이스는 놀라운 집중력을 보였다. 엄마와 함께 그리는 대상에 대한 이야기를 나누고 다시 그림 속으로 빨려 들어가는 그의 모습이 정말 사랑스러웠다. 예술의 거리에서처럼 상드린은 내가 옆에서 사진을 찍는 것을 알아차리지 못했다. 알로이스도 마찬가지였다.

"알로이스는 그림 그리는 것을 좋아해요."

그림 그리는 엄마와 그림처럼 커가는 아들의 모습이 내 마음에 조각처럼 새겨졌다. 생활 그 자체가 그림인 사람들이 리옹 예술의 거리로 모여든다는 것을 그때 알았다. 우리는 백조가 노닐고 있는 손 강을 함께 걸었다.

아니크와
낡은 지붕

상드린을 만난 이후 그동안 한 번도 보이지 않던 작품들이 눈에 들어오기 시작했다. 아니크(Anik)의 작품이 그중 하나다.

"이 거리에서 처음 뵙는 거 같아요."

"아니에요. 매주 나오고 있는 걸요."

아니크의 대답에 나는 조금 멋쩍었다.

"이게 뭐예요?"

"빗물받이 철판이에요."

조형예술가 아니크는 철거되는 집들을 돌아다녔다. 그녀는 낡은 집을 허물 때 주워 모은 지붕 위의 빗물받이 철판을 재조립하여 작품을 만들었다. 그녀의 작품을 보면서 든 생각은 '예술에는 정말 한계라는 게 없구나'였다.

몇십 년, 아니 몇백 년 동안 사람이 사는 집 지붕의 일부였던 철판 조각들은 세월을 고스란히 담아내고 있었다. 비로 인해 퇴색된 자연의 색감들이 원이 되고 선이 되고 점이 되었다. 붓으로 색을 칠할 필요가 없었다. 낡은 그대로가 작품이었다. 아니크의 작품에는 시간만 새겨져 있는 것이 아니었다. 파도처럼 물결치는 사람 사는 이야기가 묻어 있었다. 녹슬면서, 점점 거칠어지면서 누군가의 지붕이 되어주고 누군가의 삶을 함께 나누면서 나이가 든 조금은 측은하지만 대견한 모습이 새겨져 있었다. 아니크는 버려지는 것에서 숭고하게 삶을 찾아내 예술로 승화시켰다. 자연과 세월이 그려낸 작품이었다.

예술의 거리에 줄지어 서 있는 커다란 플라타너스 나무 옆에 가만히 세워둔 그녀의 작품 속에서 어느 마을의 전설이 들렸다. 빗물받이 철판은 저마다 다른 사연을 안고 새로운 이야기를 써 내려갈 준비를 하고 있었다.

"거실을 장식해도 좋고 정원에 아무렇게나 두어도 멋스러워요."

아니크의 작품은 보면 볼수록 더 매력적이었다.

조슬린의 외롭고 고독한 길

　　　　　　예술의 거리엔 '장인의 장터'와 '창작의 장터'
가 나란히 있었다. 조슬린(Jocelyne)은 창작의 끄트머리에서 손 강 강둑에 등
을 기대고 있었다.

　그녀는 천으로 된 일반적인 캔버스가 아닌 나무판에 그림을 그렸다. 그림
속에 웅장한 산이 놓였다. 거대한 자연 속으로 사람 무리가 걸어 들어갔다.
쉬이 끝날 것 같지 않은 길이다. 사람이 서 있기에 길이라 말했지만 사실 길
과 길이 아닌 것과의 경계도 없었다. 그림 속에 쓰인 글들은 마치 사람의 말

나무판에 그림을 그리는 조슬린(왼쪽).

이 아닌 것처럼 보였다.

처음 그녀의 그림을 봤을 때 헤쳐나가야 할 것이 너무도 많아 보였다. 고독하고 외롭기까지 했다. 폭우에 노호하는 푸른 바다도 그랬고 산 너머 또 산인 것도 그랬다. 마치 인간이 피해 갈 수 없는 망막한 현실 같아 외면하고 싶었다.

그러나 조슬린의 그림에는 외면할 수 없는 끌어당김이 함께 존재했다. 파도가 잔잔해질 때까지 기다려야 한다고 외쳤고, 표 나지 않는 행보라도 산을 오르는 일을 멈춰서는 안 된다고 말하는 것 같았다. 무한한 시대의 놀이 속에서 사람들은 '내가 주인공이야!'라고 외치고 있었다.

"사람들에게 고유한 시선을 주고 싶어요."

조슬린은 사람들에게 전하고 싶은 말이 있어서, 외롭고 고독한 길도 마다하지 않는 걸까?

아름다운 공감의 거리

"조각은 보는 각도에 따라 느낌이 다 달라요. 사진은 담기는 순간 한 측면만 보이기 때문에 진정한 의미의 감상이라 할 수 없어요."

조각가 모리스 장(Maurice Jean)은 사진 찍는 것을 정중히 거절했다. 사방에서 보는 표정이 다 다르고 위아래에서 보는 느낌도 달랐기 때문에 사진을 찍으려 했는데 역시 내 생각이 짧았다. 자신의 작품을 제대로 보여주고 싶은 작가의 마음 덕분에 더 깊은 감상을 할 수 있었다.

예술의 거리를 걷다 보면 하나의 특별한 이야기가 존재하는 것이 아니라 예술가마다 특별한 것을 각자 하나씩 가지고 있다는 것을 발견하게 된다. 예술가들의 삶을 만끽할 수 있는 예술의 거리는 만남의 거리고 아름다운 공감의 거리다. 저마다 다른 꿈을 안고 사는 사람이 그림 속에서 살아 꿈틀거린다. 갈 때마다 새로운 세계를 발견하게 되는 예술 창고다.

아니크는 리옹 남쪽에 위치한 콩드리외(Condrieu)에 살고, 모리스 장은 리옹 남서쪽에 있는 샤포노스트(Chaponost)에 산다. 조슬린은 리옹 북쪽 보드바리에(Vaudebarrier)에서, 실비는 타생 라 드미륀(Tassin la Demi-Lune)에서, 상드린은 보졸레의 중심지인 빌프랑슈 슈르 손 근처에서 살고 있다. 리옹 근교에 살고 있는 이 예술가들은 주말이 되면 손 강가의 예술의 거리로 모여든다. 여기에서 만난 예술가들 대부분이 리옹 근교에 살고 있었다. 리옹이 위성도시라는 사실이 실감 났다.

예술의 거리는 1979년 3월, 리옹 시의 도움으로 작가 장이브 루드(Jean-Yves Loude)에 의해 기획되었다. 누구나 이 거리에서 전시, 판매를 할 수 있는 게 아니다. 리옹 5지구에 신청서와 작품 석 점을 제출하고 열두 명의 전문가 승인을 받아야만 자리를 얻을 수 있다. 승인이 난 후에는 1년 동안 30회 이상은 참여할 의무가 있다. 덕분에 리옹 사람들은 매주 일요일 새로운 풍경과 사람을 대면할 수 있는 예술의 거리를 가질 수 있게 되었다.

2500여 명이 넘는 구경꾼을 끌어 모으는 창작의 장터와 장인의 장터는 리옹에서 단연코 아름다운 거리로 꼽을 만하다. 여름을 나고 가을, 겨울을 보내고서야 이 거리의 존재를 알게 된 것이 못내 아쉬웠다.

| 리옹의 세 번째 강, 보졸레 누보 |

리옹에는 세 개의 강이 흐른다는 작가 겸 저널리스트 레옹 도데의 말을 들었을 때, 론 강과 손 강 외에 또 하나의 강이 있는 줄 알았다. 리옹 사람들이 말하는 세 번째 강은 보졸레 누보다. 보졸레 누보(Beaujolais Nouveau)는 보졸레 지역에서 유일하게 생산되는 포도 품종인 가메 느와르 아 쥐 블랑(Gamay noir à jus blanc, 이하 가메)으로 만들어진 와인이다. 보졸로 누보는 매년 11월 셋째 주 목요일, 한날한시에 전 세계로 판매되는데, 여기에는 이유가 있다.

1951년 9월 8일, 보졸레 원산지 표시가 된 포도주를 12월 15일 이후로는 판매하지 말라는 내용이 지역 관보에 발표되었다. 보졸레 누보는 일정한 시간이 지나면 맛이 시큼하게 변했기 때문이다. 이는 보졸레 누보 최상의 맛을 지키기 위한 이들의 결심이었다. 당시 포도 재배 조합원들은 그 전에 포도주를 소비할 방법을 고민했고, 여러 논의를 거쳐 매년 11월 셋째 주에 보졸레 누보를 출시하는 데 합의했다. 12월 중순이 지나서도 보졸레 누보를 맛볼 수는 있겠지만, 그때는 포도주의 맛이 시큼하게 변할 가능성이 크다.

보졸레의 날씨는 대륙성 기후의 영향으로 겨울에 춥고 건조하다. 봄에 때늦은 결빙이 찾아오기 때문에 좋은 포도 재배를 위한 계절은 여름과 가을이 적당하다. 일정한 수확량을 얻는 게 쉽지 않은 기후지만, 손 강은 기후의 혹독함을 억제하는 역할을 해준다. 지중해의 영향으로 햇빛을 잘 받는 편이며, 서쪽에서 불어오는 고온 건조한 바람이 포도가 무르익는 것을 돕는다. 보졸레에서 생산되는 대부분이 '가메'지만 샤르도네이(chardonnay), 멜롱(melon), 알리고테(aligoté), 피노(Pinot) 등의 다른 품종이 재배되기도 한다. 그러나 가메 외의 다른 품종 재배는 한 포도원에서 15퍼센트로 제한되어 있다.

생산량의 반 정도가 아시아, 특히 한국과 일본으로 수출된다. 보졸레 누보 출시는 여러 해 동안 많은 나라의 전통적인 축제가 되었다. 목요일 0시부터 판매가 되는 보졸레 누보는 시간적 차이 때문에 한국과 일본 사람들이 프랑스 사람들보다 먼저 맛을 본다. 이런 보졸레 누보의 성공은 이탈리아의 비노 노벨로(vino novello)와 같은 다른 포도원의 포도주 개발을 부추기기도 했다.

보졸레의 포도밭 풍경.

필라 산에서의
맛 기행

발레리의 초대

"토요일 우리 가족과 저녁을 먹는 건 어때요?
괜찮으시다면 우리 집에서 자고 가세요."

발레리(Valérie)와 나는 서로에 대해 아는 것이 아무것도 없었다. 불과 2~
3분 전까지 서로의 존재조차 모르고 살아온 터였다. 겁도 없이, 도리어 기꺼
운 마음으로 나는 일박을 결정했다. 순전히 그녀의 따뜻한 목소리 때문이었
다. 이때까지만 해도 프랑스 농가에서의 특별한 경험이 나를 기다리고 있을
거라고는 전혀 예상치 못했다.

베르나숑의 파스칼에게 소개받은 발레리의 집은 필라(Pilat) 산에 있었다.
론알프 지방(La région Rhône-Alpes)에 위치한 필라 산은 해발 1432미터로 론

(Rhône) 골짜기와 지에(Gier) 골짜기를 끼고 있으며, 남동쪽으로 생테티엔(Saint-Étienne)이 있고 남서쪽으로 비엔(Vienne)이 있다. 론 강을 끼고 있는 발레 뒤 론(Vallée du Rhône) 지역은 20여 개의 포도 품종이 재배되는 곳이다.

통화를 끝내고 얼마 지나지 않아 발레리의 편지를 받았다.

큰딸 발랑틴(Valentine)이 리옹에 있어요. 발랑틴과 리옹의 페라슈 역에서 만나 같이 와요. 11시 22분에 리옹을 출발해서 11시 54분에 비엔에 도착하는 기차가 있어요. 우리 가족이 비엔으로 마중 나갈게요.

기차 시간은 괜찮으세요? 방금 파스칼과 통화를 했어요. 일요일에 파스칼 가족도 필라 산에 온다고 하네요. 당신이 포도 재배하는 사람을 찾는다는 얘기를 들었어요. 우리 집은 포도밭으로 둘러싸여 있고, 제게는 좋은 친구가 많아요. 제 친구들을 만나고 싶다면 약속을 잡아놓을게요. 우리 가족은 당신과 함께 보낼 주말을 기대하고 있어요.

볼랑 성에서의 식사

발랑틴과 비엔에 도착하니 발레리와 그자비에(Xavier, 발레리 남편), 빅투아르(Victoire, 둘째 딸)가 나와 있었다.

그들이 준비한 차를 타고 길을 나섰다. 평지를 달리던 차는 얼마 지나지 않아 산으로 접어들었다. 겨울을 보낸 땅이 깨어날 준비를 하고 있었다. 시야에 펼쳐진 밭 사이사이로 집이 드문드문 보였다. 40분 정도 달린 후에 차

필라 산 남동쪽 비엔에 위치한 발레리 집에서의 식사.
맛은 물론이고 요리를 담은 그릇도 즐거움을 주었다.

가 멈춘 곳은 커다란 성이었다. "볼랑 성에 오신 것을 환영합니다"라는 말과 함께 문이 열렸고 위고(Hugo, 발레리의 막내아들)가 달려 나왔다.

발레리는 내가 편하게 쉴 수 있는 방부터 안내해주었다. 테이블에는 야생화가 꽂혀 있었고 벽에는 그녀가 그린 그림들이 걸려 있었다. 깨끗하게 정리된 침대 위에 수건 두 개가 나란히 놓여 있고 창문 너머로 론 강이 유유히 흐르고 있었다.

집 한가운데 주방과 응접실이 있었으며 왼쪽 긴 복도를 지나가니 여러 개의 방과 욕실이 나왔다. 오른쪽에는 발레리의 작업실과 그자비에의 목공실이 있었고, 아이들 방은 2층에 있었다. 발레리는 점심 준비를 시작했다. 그녀가 메인 요리를 준비할 때 빅투아르는 빵을 자르고 쿠키를 구웠으며 위고는 식탁에 테이블보를 깔고 접시와 나이프, 포크를 세팅했다. 그자비에는 벽난로에 불을 지피기 위해 나무를 날랐다. 산책할 때 따온 잎들이 샐러드 접시에 놓였다. 가족이 함께 식사 준비를 하는 모습이 이토록 아름다운 풍경임을 까마득히 잊고 있었다.

간단하게 먹자던 점심이었는데 오르되브르(hors-d'œuvre, 점심에 먹는 전채 요리)에서부터 디저트까지 준비되었다. 버섯으로 만든 오르되브르가 입맛을 돋우었다. 함께 곁들여 있던 버섯 비스킷에서 쌉싸름하면서도 담백한 맛이 났다. 발레리가 직접 재배한 버섯으로 구운 비스킷이었다. 근처에 가게가 없는 까닭에 발레리는 빵과 과자 종류를 손수 만들었다. 새롭고 독특한 맛을 개발하기 좋아하는 발레리 덕분에 미각은 난생 처음 맛보는 음식으로 호사를 누렸다.

맛이 주는 즐거움도 컸지만 요리를 담은 그릇 덕에 기쁨이 배가되었다.

발레리가 그림을 그려 구워낸 그릇들이 음식과 조화를 이루며 내 앞에 놓여 있었다. 도착한 지 얼마 되지 않아 나는 그녀의 매력에 흠뻑 빠졌다.

식사를 하면서 발레리는 1박 2일 동안의 일정을 이야기해주었다. 점심을 먹은 후에 와인을 제조하는 티에리를 만나고, 그 이후에는 함께 미사를 보러 가자고 했다. 또한 리옹에서 온 신부 레이몽(Raymond)과 유기농으로 농사짓는 장 피에르 부부를 초대해 함께 저녁을 먹기로 했다. 다음 날 오전에는 동네 산책을 하고, 점심은 파스칼 가족과 보내고, 오후에는 그녀가 만든 제품들이 진열된 가게를 둘러보기로 했다. 저녁을 먹은 후에 레이몽의 차를 타고 리옹으로 돌아가면 모든 일정이 끝난다. 방 안에 꽂아둔 야생화부터 돌아가는 차편까지 발레리의 세심함에 놀라지 않을 수 없었다.

이런저런 얘기를 하다 내가 다음 주에 레알(Les Halles)의 치즈가게 '르네 리샤르(Renée Richard)'에서 인터뷰가 있다는 사실을 알게 된 발레리는 필라 산의 '리고트 치즈'가 르네 리샤르에 납품된다며 곧바로 치즈를 만드는 앙드레 부부와의 만남을 주선했다. 일이 술술 풀려나간다는 말은 이럴 때 쓰는 말이다. 파스칼을 통해 발레리를 알게 되었고, 발레리를 통해 와인 제조 장인과 치즈 제조 장인을 만나게 된 것이다. 내일 오후 발레리 가게를 둘러보는 일은 다음으로 미루고, 대신 앙드레 부부를 방문하기로 했다.

파르종 포도원

발레리와 차를 타고 파르종 포도원에 갔다. 전화를 받은 티에리는 대문 앞에 나와 있었다. 그는 원래 요리사였는데 어느 날 와인을 직접 만들고 싶다는 마음이 그의 일상에 파문을 일으켰다. 땅을 개간하여 포도밭을 일구고, 와인으로 제조할 수 있는 포도 품종을 생산해내는 일이 결코 만만치 않다는 것을 그도 모르지 않았다. 하지만 티에리는 가슴속에서 싹트는 열망을 잠재울 길이 없었다고 한다. 결국 와인을 향한 모험 길에 과감하게 들어섰다.

티에리는 와인 생산을 위한 좋은 품질의 포도를 얻기 위해 5년을 기다렸다. 1994년, 드디어 그가 수확한 포도로 첫 와인이 제조되었고 다음 해에는 판매할 수 있을 정도로 고급스러운 와인이 그의 손에서 태어났다. 지금 그가 재배하는 포도는 어엿하게 AOC(Appellation d'origine Contrôlée, 원산지 통제 명칭)에 등록되어 있다. 물론 넘어지고 쓰러지는 일이 없진 않았다고 티에리는 회상했다.

"힘들 때마다 가족이 있었고 이웃이 있었어요. 그리고 자연이 함께했어요."

함께 티에리의 이야기를 듣고 있던 발레리도 그 순간을 기억했다. 필라 산에 사는 사람들은 함께 땅을 일구며 서로가 서로에게 힘이 되고 있었다.

포도밭으로 나갔다. 가파른 포도밭을 보며 일하기 힘들지 않느냐고 물었을 때 티에리는 어깨를 으쓱해 보였다. 그는 경사진 땅을 가리키며 포도나무 이야기를 들려주었다.

론 지역의 와인은 일조량이 풍부하고 포도밭에 자갈이 많은 지역 특성의 영향을 받아
알코올 농도가 높다.

"땅의 높낮이에 따라 과실의 당분 함량이 달라요. 물론 포도나무의 연수
에 따라서도 다르고요. 포도를 수확할 때 경사진 땅의 포도와 완만한 땅의

포도를 각각 다른 바구니에 담아 따로따로 와인을 제조하는 이유가 여기에 있어요."

필라 산은 다양한 기후의 영향을 받아 지대에 따라 다른 풍경을 선사해준다고 발레리가 덧붙였다.

"론에서 제조되는 와인은 보르도 와인이나 알자스 와인과 어떻게 달라요?"

"이 지역에서 제조되는 와인은 다른 지역의 것보다 알코올 농도가 높아요. 일조량이 풍부하고 포도밭에 자갈이 많기 때문이에요."

자갈이 많은 게 알코올 농도와 무슨 연관이 있는지 궁금해 그의 대답을 재촉했다. 낮에 태양에 의해 달구어진 자갈들은 밤에도 잘 식지 않는다. 덕분에 지열이 일정하게 유지되어 포도나무가 잘 자랄 수 있는 환경을 만들어주고 당분 함량을 높여주는데, 당분 함량이 알코올 농도를 결정하는 요소라고 티에리는 말해주었다. 포도나무가 척박한 땅에서 더 깊이 뿌리내린다는 그의 말에 포도 자체에서 추출된 깊고 깊은 맛의 비밀이라도 알아낸 것처럼 가슴이 뛰었다. 그리고 제 몸에 열을 간직했다가 천천히 식어가는 자갈의 깊은 배려가 포도나무 뿌리를 튼튼하게 하고, 질 좋은 포도송이를 세상 밖으로 내보낸다는 이야기 앞에 잠시 할 말을 잃었다.

"이 땅에서 수확한 와인을 처음으로 맛봤을 때 어떠셨어요?"

"우리 가족에게 최고의 날이었어요. 이 밭은 우리 가족의 웃음터였고 울음터였으며 삶터였거든요."

티에리에게 듣고 싶은 말이 많았지만, 뉘엿뉘엿 땅거미가 지고 있었다.

발레리의
행복한 밥상

　　　　　　발레리 가족은 내가 손님이 아닌 가족의 일원이
라는 느낌을 받을 만큼 따뜻하게 대해주었다. 저녁에 찾아온 레이몽 신부와
장 피에르 부부를 내가 맞이하는 듯한 착각이 들 정도로 편했다.

　레이몽이 먼저 도착했다. 벽난로를 가운데 두고 둘러앉은 우리는 아페리
티프(apéritif, 식사 전 입맛을 돋우어주는 주류의 일종)를 마시며 이야기꽃을 피웠
다. 장 피에르 부부가 도착한 후에도 이야기는 쉬이 끊어지지 않았다. 한 시
간 반이 흘렀다. 발레리의 안내로 사람들은 식사가 준비된 방으로 자리를
옮겼다. 식탁 위에 놓인 장식과 접시들을 보며 감탄사가 저절로 터져 나왔
다. 레코드판 무늬의 접시 받침대에서 진짜 음악이 흘러나올 것 같았다. 벽
난로에서 타들어 가는 나무 소리에 운치가 극에 달았다. 아! 맛은 또 왜 이렇
게 환상적인지⋯⋯.

　식사가 끝나고 차를 마시기 위해 또 한 번 자리를 옮겼다. 편안한 소파가
놓여 있는 방이었다. 발레리 집에 머물며 식사를 하고 차를 마실 때 한 번도
같은 접시, 같은 찻잔을 쓴 적이 없었다. 음식의 색깔에 따라 그릇이 달라졌
고 쿠키 모양에 따라 찻잔이 달라졌다. 그녀가 호화스러워서가 아니었다.
주말이면 발레리의 요리를 먹기 위해 볼랑 성을 찾는 많은 사람들에게, 백배
의 기쁨을 주기 위한 그녀의 배려에서 비롯된 것이었다. 맛 기행을 좋아하
는 사람들은 볼랑 성을 찾아 필라 산 풍경에 취하고 맛에 취하고 그곳 사람
들의 인정에 취해 돌아갔다. 발레리는 사람들을 진심으로 맞이했다.

"사람들이 내가 만든 음식을 먹고 행복해하는 게 정말 좋아요. 처음에는 과일로 잼과 주스, 식초와 젤리를 만들고, 필라 산에서 얻을 수 있는 재료로 여러 가지 음식을 만드는 게 좋았어요. 지금은 내가 만든 음식으로 인해 사람들의 마음이 넉넉해지는 것에 행복을 느껴요."

프랑스 사람에게 음식이란 하나의 문화다. 나는 하루 만에 프랑스 문화를 온전하게 경험했다. 아페리티프→ 오르되브르→ 앙트레(entrée)→ 메인 요리→ 치즈→ 디저트→ 차 또는 과일의 전 코스를 밟으며 즐거운 식사를 했다. 식탁에 앉기 전에 집주인이 누가 어느 자리에 앉을지 정해준다는 것을 알았고, 식사하는 동안 주인은 손님들의 와인 잔이 비지 않도록 계속해서 서비스해야 한다는 것도 알았다. 그리고 음식을 먹으면서 끊임없이 음식 이야기를 하는 것이 그네들의 음식 문화라는 사실도 알게 되었다. 저녁 7시에 시작된 대화는 밤 12시가 다 돼서야 끝이 났다.

필라 산의
아침

　　　　　　　　　　다음 날 아침, 추위에 눈이 저절로 떠졌다. 3월 중순이었지만 산의 기온은 겨울 못지않게 추웠다. 저 멀리 론 강 너머에서 붉은 해가 떠오르고 있었다.

뒤뜰에는 일찍 일어난 당나귀가 머리로 자꾸만 바구니를 밀고 있었다. 발레리가 바구니에 풀을 넣어주는 것을 보고 나서야 당나귀가 배가 고팠다는 것을 알았다. 발레리 손에는 당근 두 개가 들려 있었다. 큰 것은 엄마 당나귀 몫이고 작은 것은 새끼 당나귀 몫이었다. 당근 씹는 소리에 잠들어 있던 산이 깨어났다. 발레리는 당나귀를 안아주고 쓰다듬어주며 이야기를 나누었고, 나를 당나귀에게 소개시켜주었다. "밤새 춥지는 않았니?", "저기 물이 얼었는데 꼭 오리를 닮았어. 이거 다 먹고 보여줄게. 꼭꼭 씹어 먹어.", "이쪽은 한국에서 온 내 친구야."

그자비에가 발레리와 나의 찻잔에 차를 따라주었다. 아이들은 아직 깨어나지 않았다. 아침에는 빵에 잼을 발라 먹었다. 이것 역시 발레리가 만든 잼이었다. 풋풋한 과일 향을 풍기는 잼은 달지 않았다. 간단하게 식사를 마친 후 우리는 밭으로 나갔다. 밭은 생각했던 것보다 훨씬 넓었다.

"이렇게 많은 일을 어떻게 다 하세요?"

"매일매일 조금씩 하다 보면 힘들지 않아요. '매일매일 조금씩', 이것이 넓은 밭을 일구는 힘이에요."

함께 산길을 걸으며 알았다. 발레리에게 세상은 고마운 것투성이다. 씨 뿌리고 수확할 수 있는 땅에게 고맙고, 무거운 짐을 운반해주는 당나귀에게 고맙고, 이 땅에서 난 여러 가지 열매로 다양한 맛을 만들 수 있어 고마웠다. 길에 아무렇게나 핀 꽃에게도, 밭을 잘 가꾸고 사는 이웃에게도 고마웠다.

콩드리외의
리고트 치즈

　　　　　　　　파스칼 부부와 점심 식사를 한 후, 발레리의 이
웃사촌 앙드레 부부를 만나러 갔다. 발레리는 이것저것 먹을 것을 챙겼다.
앙드레의 아내 마리블랑딘을 위한 것이었다. 위고도 동행했다. 넓은 포도밭
위 숲 가장자리에 비옥한 목초지가 있었는데, 앙드레 부부는 이곳에서 200
마리의 염소를 방목하며 염소우유로 치즈를 만들어 살고 있었다. 축사에 들
어섰을 때 우리를 쳐다보는 염소의 표정에서 눈을 뗄 수가 없었다. 정말 귀
여웠다. 위고는 염소에게 물을 주고 쓰다듬으며 함께 뛰어놀았다.
　염소를 바라보는 마리블랑딘의 눈에 사랑이 넘쳐났다.

염소우유로 만들어진 리고트 치즈. 앙드레는 응고실,
주형실, 건조실, 숙성실 등 작업장을 돌며 염소우유가 치즈가 되는 과정을 보여주었다.

"통통하게 부푼 젖통이 예쁘지 않나요?"

대답을 원하는 질문이 아니었다. 마리블랑딘은 '신선한 풀과 햇살 아래 맑은 공기, 그 이상 무엇을 더 바라겠어요' 하는 눈빛으로 나를 쳐다보았다. 그녀의 눈에서 숲을 뛰어다니며 풀을 뜯고 있는 염소가 보였다.

축사에서 나와 앙드레는 나를 치즈 제조 작업장으로 데려가 주었다. 작업장에 들어가기 전 그는 신발을 바꿔 신고 겉옷을 갈아입고 손을 씻었다. 작업장은 크지 않았으나 응고실, 주형실, 건조실, 숙성실로 나뉘어 있었다. 앙드레는 염소우유가 치즈가 되는 과정을 설명해주었다.

"염소우유를 20도~30도의 온도에서 24시간 응고시켜요. 이때 우유는 유산균에 의해 산화되면서 반고체와 액체 상태로 분리되지요. 응고된 것을 구멍이 뚫린 틀에 넣어 물기를 빼면서 모양을 만든 다음, 15도의 온도에 65~70퍼센트의 습도를 유지해 3일간 건조 과정을 거쳐요. 그 후에 숙성실로 옮겨지는 거예요."

앙드레는 응고 방법과 숙성 기간, 온도와 습도 그리고 압축 여부에 따라 치즈의 수분 함유량이 다르고 색깔과 질감, 맛, 향 등도 결정된다고 말해주었다. 그는 AOC에 등록된 콩드리외 지역의 리고트 치즈(La Rigotte de Condrieu)를 반으로 잘라 숙성 기간에 따라 색깔이 달라진 모습을 보여주기도 했다.

치즈가 제조되는 전 과정을 지켜본다는 사실에 신바람이 났다.

깨어나는 땅

돌아갈 시간이 점점 다가오고 있었다. 빅투아르와 위고는 내게 가족사진을 보여줬다. 위고는 자기가 아기였던 사진부터 최근 여행 가서 찍은 사진까지 차근차근 넘겼다. 사진 속에서 그자비에는 염소 우리를 만들었고, 발레리는 주방에서 요리를 했다. 시간이 불쑥 건너뛰어 사진 속 아이들이 금방 자랐으며 순식간에 계절이 바뀌었다.

시선을 한눈에 사로잡는 사진 하나가 있었다. 발레리와 위고가 씨를 뿌리고 있는 장면이었다. 그들은 경사진 땅에 두 무릎을 붙이고 대각선으로 앉아 있었다. 어깨는 땅을 끌어안듯이 기울어져 있으며 고개는 땅을 마주하고 있었다. 두 손으로 흙을 비비며 겨우내 언 땅이 열리는 것을 도왔다. 흙먼지가 일었다.

부모는 자신의 꿈 안에서 자식을 키운다. 발레리도 예외가 아니었다. 9년 전만 해도 발레리는 리옹에서 살았다. 아이들에게 자연을 알게 해주고 싶어서 리옹 생활을 접고 그자비에의 고향집으로 왔다. 발레리 역시 시골에서 태어나 자랐으므로 볼랑 성의 생활이 낯설지만은 않았다. 그러나 처음 볼랑 성에 왔을 때 발레리는 집이 너무 커 밤마다 무서웠다고 한다. 그때마다 그녀는 아이들 옷을 지었고, 그릇을 굽고, 그림을 그렸다.

"자연 속에 있으면 자연이 자꾸 말을 걸어와요. 아이들은 해가 떠오를수록 산 그림자는 마을로 내려간다는 것을 산에서 배웠어요. 땀 흘린 만큼 거두어들인다는 것을 땅에게 배웠구요. 나는 내 아이들이 산의 말에 귀 기울이고 땅과 부둥켜안고 뒹구는 게 좋아요. 내 꿈이 뭐냐고 물으셨죠. 내 꿈은 자연과 가족과 이웃 안에 있어요. 그들과 함께 행복한 것, 그것이 내 꿈이에요."

아름다운 일상

　　　　　　　　　레이몽과 함께 잘 돌아갔나요? 당신이 피곤하지 않았으면 좋겠어요.

　리옹에 돌아와서도 나는 발레리와 자주 메일을 주고받았다.

"오늘도 당나귀 먹이 주는 일로 하루를 시작했나요?"라고 보내면 발레리는 마차 여행을 하기 위해 볼랑 성을 찾은 일행들에 관한 이야기며 마리블랑딘이 잠깐 왔다 간 이야기를 들려주었다. 마리블랑딘이 숙성이 잘된 치즈를 들고 왔고 발레리는 오늘 구운 쿠키를 줬다고 적혀 있었다. 리옹 거리에서 본 목련꽃 향기를 띄워 보내면 필라 산이 과일 꽃향기로 가득하다는 소식이 날아 왔다.

　밭에는 딸기, 자두, 체리가 무르익어갔다. 일이 많아지면서 발레리는 컴퓨터 앞에 앉는 날이 점점 줄어들었다. 리옹을 떠나기 전에 두세 번은 더 방문하게 될 줄 알았는데 서로 시간 맞추기가 어려웠다. 그러나 삶은 계속되었다. 최근에 그녀가 아로마 식물과 약용식물을 재배하기 시작했다는 소식을 보내왔다. 나를 위해 언제나 방 하나를 준비해놓겠다는 말도 쓰여 있었다. 함께 밭일하고 있을 그자비에와 발레리의 모습이 그립고, 방문했을 때 잠깐 보았던 위고의 조각 솜씨와 빅투아르의 요리 솜씨가 얼마나 늘었는지도 궁금했다. 나는 그들의 이야기가 담긴 책을 안고 그녀의 가족과 친구에게 달려가는 꿈을 꿨다.

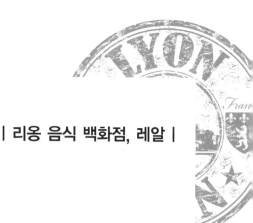

| 리옹 음식 백화점, 레알 |

프랑스를 이야기할 때 먹을거리는 빼놓을 수 없는 화젯거리다. 프랑스는 1년 동안 하루도 빠짐없이 다른 치즈를 먹을 수 있는 곳이다. 또한 치즈만큼이나 다양한 품종의 와인이 생산된다. 와인 전문가에 관한 직업군도 세분화되어 있다. 밭에서 와인을 재배하는 사람을 비니으홍(Vigneron)이라 하고, 창고에서 보관하는 전문가를 카비스트(Caviste)라 한다. 와인을 담그고 감별하는 전문가를 에놀로지스트(Oenologiste)라 하고 고객에게 와인을 추천해주는 사람을 소믈리에(Sommelier)라 한다. 또한 프랑스에는 바게트와 크루아상 같은 빵을 살 수 있는 블랑제리, 케이크나 과자류를 살 수 있는 파티스리, 초콜릿 가게인 쇼콜라트리 등 전문화된 가게들이 많다.

레알(Les Halles)은 이런 먹을거리를 한자리에서 만날 수 있는 리옹의 음식 백화점이다. 1962년에 코르들리에 광장에 있던 레알은 당시 시장이던 루이 프라델에 의해 1971년부터 라파예트(Lafayette) 지역에 자리 잡았다. 가격이 조금 비싸지만 여기에서 판매되는 육류, 해산물, 소시지, 치즈, 와인, 초콜릿 등은 최상의 품질을 자랑한다. 이곳에는 쉰여섯 개의 가게들이 있는데, 이들은 각기 독특한 음식 이야기와 전통을 가지고 있다고 한다.

2006년 건물 입구에 '레알 드 리옹 폴 보퀴즈'라는 글귀가 쓰이게 됐는데, 이는 세계 최고 요리사 폴 보퀴즈에 대한 존경의 표시다. 폴 보퀴즈는 치즈 가게인 르네 리샤르(Renée Richard)와 마레샬(Maréchal), 생선 가게인 푸피에(Pupier), 돼지고기 가게인
콜레트 시비리아(Colette Sibilia)와 가스트(Gast) 등 50년 역사를 가진 이곳에서 최고급
재료를 납품받고 있다.

'르네 리샤르'는 주문량이 많아 바쁜 일상을 보내고 있었다. 엄마와 딸의 이름이 똑
같다는 사실이 신기했다. 어떤 생각으로 엄마 르네는 딸 이름을 르네라고 지었을까?
그때부터 '르네 리샤르' 치즈 맛을 물려줄 생각이 있었던 걸까? 폴 보퀴즈는 "엄마 르
네 리샤르의 성격은 괴팍하다. 하지만 그녀가 숙성시킨 치즈의 맛은 최고다"라고 말
했다. 생마르셀랭(Saint-Marcellin)에서 숙성된 르네 리샤르의 치즈는 프랑스에 있는
500여 개의 레스토랑에서 맛볼 수 있다.

콜레트 시비리아(Colette Sibilia) 역시 엄마와 딸이 함께 경영을 하고 있다. 엄마인 콜
레트와 함께 두 딸 프랑수아즈와 마리엘이 최고의 소시지를 제공한다. 레알의 먹을거
리는 그 후손에게 계승되고 있다.

음식 백화점 '레알'의 내부 풍경
레알의 가게들은 각기 독특한 음식 이야기와 전통을 가지고 있다.

사하라 여행자, 자크

어린왕자와 사하라

거리를 걷다가 '타메라(Tamera)'라고 적힌 여행사에 멈춰 섰다. 사무실에 걸린 사진 속에 시선을 빼앗기고 미끄러지듯이 들어섰다. 자크 샤틀레(Jacques Chatelet)가 일을 하고 있다가 나를 반갑게 맞이했다. 그가 사하라사막(이하 사하라)을 여행하는 모험가라는 사실을 아는 데에는 오랜 시간이 걸리지 않았다. 바람이 매일 다른 그림을 그리는 모래의 땅 사하라는 30년 넘게 자크를 불렀다.

생텍쥐페리가 비행기 고장으로 불시착했던 사막이 바로 사하라다. 본명이 앙투안 장바티스트 마리 로제 드 생텍쥐페리(Antoíne Jean-Baptiste Maríe Roger de Saint-Exuéry)인 그는 1900년 리옹에서 태어나 1943년 『어린왕자』를

사하라 여행자, 자크. 그는 사막을 여행하는 모험가다.

썼다. 생텍쥐페리가 어린왕자의 웃음이 사막의 샘 같다고 말했을 때 어린왕자의 모습은 별처럼 내 가슴에 박혔다. 그는 어린왕자가 별로 돌아가던 날, 어린왕자가 사막 위에 쓰러지는 순간을 그려놓고 독자들에게 이 그림을 자세히 봐두기를 당부했다. 사막을 여행하는 동안 이와 같은 풍경을 만나게 되면 그가 어린왕자라는 것을 금방 알아차릴 수 있게 말이다.

『어린왕자』의 책장을 덮을 때 나는 사하라를 두 발로 꼭 밟으리라 다짐했었다. 생텍쥐페리에게 사하라에서 어린왕자를 보았노라고 편지를 보내는 주인공이 바로 나이고 싶었다.

자크가 1년에 한 번씩 사하라를 걷는다는 말을 들었을 때 가슴이 얼마나 쿵쾅거리던지…….

자크에게 넌지시 물었다.

"사하라에서 어린왕자를 본 적 있나요?"

"무엇이건 간에 가장 아름다운 것은 눈에 보이지 않는 법이에요."

자크는 생텍쥐페리의 말을 대신했다.

"가장 중요한 것은 눈에 보이지 않아요. 오직 마음으로 볼 때 모든 것은 보이는 거예요."

타실리를 닮은
모험가

"이게 뭐예요?" 사하라의 사진을 보다가 산처럼 높이 솟아 있는 돌을 가리키며 물었다.

"타실리(Tassilis)예요. 사하라의 사암(沙巖) 지대를 가리키는 말이지요. 바람에 의해 베어지고 깎이고 부식되면서 만들어진 사암 지대 타실리는 제 몸에 천년의 결을 지니고 있어요. 사하라의 가장 아름다운 풍경이에요."

자크는 '타실리'를 사막의 으뜸으로 꼽았다. 태양의 빛을 있는 그대로 빨아들여 자신의 색을 시시각각으로 변화시키는 모래 언덕도 아니고, 바람이 지나갈 때마다 달라지는 모래 위의 그림 같은 풍경도 아니고, 그 안에서 사는 사람이나 사막의 샘도 아닌 '타실리'가 자크에게 가장 아름다운 풍경이

된 이유는 어디에 있을까?

"수업시간에 '사막은 침묵이다'라는 텍스트를 읽었어요. 이 말에 대해 어떻게 생각하세요? 사막은 정말 침묵인가요?"

"당신은 어떻게 생각해요?"

자크는 늘 이런 식이었다. 내가 질문을 하면 곧바로 대답하는 경우가 거의 없었다. 묻는 말에 결코 대답하지 않는 어린왕자를 자꾸 생각나게 했다. 자크는 언제나 내 질문을 되묻곤 했다. 서로의 생각을 나눌 수 있어 자크와의 대화는 항상 재미를 더했다.

"사막을 안 가봤는데 어떻게 알겠어요. 하지만 불모지라고 소리가 없겠어요? 바람도 불고 모래 위를 기어 다니는 곤충도 있을 테고 사막의 꽃도 있으니 소리가 없다고 할 수는 없을 듯해요. 사막에서만 통하는 언어가 있을 수도 있고요."

"그래요. 침묵은 침묵이 아니에요. 비어 있는 것이 가득 차 있는 것처럼 침묵은 무수히 많은 말을 가지고 있어요. 때문에 침묵은 침묵이기도 하고 침묵이 아니기도 하지요. 사막의 침묵을 모르는 사람은 침묵을 모르는 사람이란 생각이 들어요. 사하라에서 침묵은 단지 인간에게만 난해한 하나의 언어일 뿐이거든요."

자크에게 사하라에 관한 이야기를 듣고 있노라면 사막의 신비가 나를 감싸 안는 것이 느껴졌다. 사막이 자꾸만 나를 부르는 듯했다.

"다시 타실리 이야기를 해볼까요. 타실리는 끊임없이 모래의 이야기를 들어요. 바람에 이리저리 쓸려 다니며 먼 길을 걸어온 모래가 타실리에 기대어 울고 웃다가 다시 길을 떠나지요. 그들의 말을 인간이 들을 수는 없어요.

세월이 지난 후 타실리의 몸에 난 결을 보고서야 헤아려볼 따름이지요."

자크를 통해 석양에 눈부시게 빛나는 타실리를 보았다. 그의 말처럼 사막에서 모래는 바람으로 의사 전달을 하기 때문에 그 소리를 쉽게 들을 수는 없다. 하지만 귀담아들으려고 끊임없이 노력해야 '침묵'이라는 난해한 언어를 해독할 수 있다. 타실리처럼 자크는 여행자의 말을 귀담아들을 줄 알았다. 그에게 침묵은 익숙한 언어였다. 침묵의 언어가 쏟아내는 무수한 말들과 함께 살아가고 있었다.

자크에게 온
전화

"시간 되면 기뇰 인형극 보러 갈래요?"

공연이 끝나고 자크는 극장 관계자들을 소개해주었다. 그날 공연은 일반인을 대상으로 하는 공연이 아니었다. 리옹의 언론인들과 친한 친구들을 초대한 자리였다. 기뇰 공연장 지하로 내려갔더니 음식과 와인이 마련되어 있었다. 리옹을 대표하는 내장 요리인 타블리에 드 사푀르(tablier de sapeur, 소의 위막으로 만드는 리옹의 명물 요리)와 그라통(Grattons)을 처음으로 맛보았다. 자크는 기뇰에 대한 이야기를 들려주었고 리옹 음식을 설명해주었으며, 여러 사람에게 나를 소개했다.

그리고 또 며칠 뒤, 자크에게 또 전화가 왔다.

"타메라 직원들과 가족들이 모두 모여 집에서 식사할 예정인데 오실래요?"

겁도 없이 흔쾌히 응하고 말았다. 프랑스에 도착한 지 3개월째, 프랑스 사람들 사이에 둘러싸인 것은 처음이었다. 녹음으로만 듣던 엄청난 속도의 대화들이 내 앞을 오가고 있었다. 누군가 나에게 질문을 하면 모두의 눈빛이 나를 향했다. 따뜻한 시선이었고 나에게 말을 할 때에는 천천히 해주었지만 진땀이 삐질삐질 났다. 이 순간에 느꼈던 긴장감은 아직도 생생하다. 나는 평소보다 더 떠듬떠듬 말을 했다.

국물 요리를 좋아한다는 내 말을 기억한 자크는 나를 위해 특별히 생선으로 만든 스프를 준비해주었다. '오 마이 갓, 내가 말한 건 김치찌개, 된장찌개였는데…….' 안 먹을 수도 없고, 입에 맞지 않는 것을 맛있게 먹을 수도 없고 '대략 난감'이었다.

만나는 횟수가 더해갈수록 자크가 배려 깊고 유머 있는 사람이라는 것을 알 수 있었다. 그가 있으면 주위에 웃음이 넘쳐났다. 그의 유머는 내 친구들을 만날 때에도 여지없이 빛났다.

몽블랑에
가보셨나요?

네팔의 히말라야(Himalaya) 산과 알제리의 호가르(Hoggar) 산을 좋아하는 자크에게 한번은 이렇게 물었다

"사계절 눈이 덮여 있는 몽블랑 산(Mont-Blanc, 해발 4810미터)에도 혹시 가

보셨나요?"

"레 콩타민 몽주아(해발 1164미터)에 별장이 있어요. 알프스 산은 가족과 함께 해마다 가는 곳이고요."

레 콩타민 몽주아는 알프스 산맥의 고산마을로 오트사브아(La départment de la Haute Savoie)와 론알프 지방 사이에 위치해 있다. 몽블랑은 알프스의 최고봉으로 정말 가보고 싶은 곳이었다. 자크는 몽블랑을 보여주겠다고 약속했다. 결국 나는 지인과 함께 자크의 안내를 받아 여행을 하게 되었다.

여행을 기획하는 것이 자크의 일이다 보니 2박 3일의 일정은 완벽했다. 하루는 마을 서쪽에 있는 졸리 산(Mont Joly, 해발 2525미터)에 올라 몽블랑, 비오나세이(Bionnassay, 해발 4052미터), 미아주(Miage, 해발 3670미터) 등 둥글고 뾰족한 봉우리와 골짜기가 파노라마처럼 펼쳐져 있는 광경을 바라보기도 했다. 가슴 벅찬 광경이었다.

"몽블랑이 바로 눈앞에 있어요. 올라가면 안 되나요?"

"거기에 가닿으려면 2000미터는 더 올라가야 해요."

"그런데 알프스에 왔으니 치즈를 녹여 빵을 찍어 먹는 퐁뒤(fondue)를 먹어야겠죠?"

우리 일행은 레 콩타민 몽주아의 한 레스토랑에 들러 퐁뒤를 먹었다. 꼬챙이에 빵을 끼우고 데워진 치즈를 적시려 하는데 빵이 자꾸 빠졌다.

"퐁뒤를 먹다가 빵을 떨어뜨리면 옆 사람 볼에 뽀뽀를 해야 해요."

장난기가 발동한 자크의 농담인 줄 알았다. 자크는 자기 말을 안 믿는 게 억울하다는 행동을 취하며 다시 한 번 진지하게 말했다.

"여자가 치즈에 빵을 떨어뜨리면 오른쪽에 앉아 있는 남자에게 뽀뽀를 해

해발 4810미터의 몽블랑
산은 사계절 눈이 덮여 있
는 곳이다.

야 하고, 만약 남자가 빵을 떨어뜨리면 와인을 사야 해요."

우리 네 사람의 꼬챙이는 돌아가며 빵을 떨어뜨렸다. 한바탕 크게 웃었다. 자크의 말과 제스처는 우리를 계속 웃게 했다. 누구를 만나더라도 눈높이를 맞추고 이야기하는 자크는 내게 값진 여행을 선물했다.

"왜 여행을 하세요?"

자크는 여행과 상관없는 말을 서두로 꺼냈다.

"피카소의 예술적 삶을 보면 청색 시대가 있어요. 어느 날 어떤 기자가 '당신은 왜 청색을 많이 사용하나요? 무슨 특별한 이유가 있나요?'라고 물었지요. 피카소는 '내 옆에 청색 물감이 있었기 때문이지 다른 이유는 없어요. 빨간색 물감이 있었다면 빨간색을 칠했을 거예요'라고 대답했어요. 모험가라는 길은 내가 선택한 것이기도 하지만 내 인생에 주어진 것이기도 해요."

낯선 땅의
고마운 친구

하루 종일 눈이 내렸다. 며칠 전에도 눈 때문에 버스 운행이 중단되었다. 벨쿠르 광장에서 푸르비에르 언덕 위에 있는 집까지 한 시간 남짓 걸어야 했고, 하얀 눈사람이 되어서야 집에 도착했다. 우산을 가지고 있었지만 바람이 심하게 불어 쓸 수가 없었다. 이렇게 된통 고생한 것을 쉽게 잊어버렸을 리 없다.

그럼에도 불구하고 눈발이 휘날리는 마르셰 드 노엘(Marché de Noël, 크리스마스 시장)을 찍고 싶은 마음을 잠재울 수 없었다. 그곳이 들어서 있는 페라슈 역 주변을 서성거렸다. 며칠째 추위가 계속되었지만 크리스마스를 앞두고 마르셰 드 노엘을 찾은 사람들의 표정에는 행복이 가득했다.

사진을 찍느라 사람들이 줄어드는 것을 눈치채지 못했다. 시계를 보니 벌써 9시가 다 되어갔다. 서둘러 버스 정류장에 갔다. 다행히 정류장에는 사람들이 많았고 버스 도착 시간을 알려주는 기계는 20분 후 버스가 도착한다고 표시했다. 아니, 이럴 수가! 20분이 지났는데 기계는 다시 20분 후를 가리켰다. 버스 도착 시간은 자꾸만 달라졌고 버스를 기다리던 사람들이 하나둘씩 어디론가 사라졌다. 한 시간이 족히 지났다.

체온은 떨어지고 10시가 넘은 시간에 눈 내리는 오르막길을 한 시간 걸어가야 한다는 게 너무 막막했다. '눈이 쌓이지 않으니 괜찮겠지' 하고 방심한 게 후회스럽기도 했다.

'어떻게 하지?' 하고 한참 고민을 하다 자크에게 전화를 걸었다. 그는 나를 데려다 주겠다며 흔쾌히 집을 나섰고, 우리는 손 강의 생조르주 다리(Passerelle Saint-Georges)에서 만나기로 했다. 자크를 만나기 위해 다리를 건너가다가 다리 끝 부분 내리막길에서 '꽈당' 미끄러지고 말았다. 엉덩방아를 찧고 머리를 부딪치기는 했지만 다행히 아무렇지 않았다. 차 안에서 이 광경을 지켜본 자크는 계속 웃고 있었나 보다. 내가 차에 탔을 때에도 웃음을 멈추지 못했다.

눈 오는데 나와줘서 고맙다는 말을 하기도 전에 심통부터 났다.

"아니, 사람이 넘어졌으면 괜찮으냐고 먼저 물어봐야 하는 거 아니에요?"

크리스마스 때마다 프랑스 사람들이 즐겨 찾는
마르셰 드 노엘.

그제야 괜찮으냐고 물어본다. 이것 참…….

눈 온다고 버스 운행을 안 하는 경우가 어디 있느냐며 애꿎은 사람에게 툴툴거렸다. 차는 금방 집에 도착했다. 방에 들어섰을 때 안도감이 밀려왔다. "뛰어오다가 갑자기 사라지더라"라고 말하며 낄낄거리고 웃던 자크가 정말 고마웠다. 넘어질 때 짚었던 손이 욱신거렸지만, 이 낯선 땅에 전화해서 도움을 청할 수 있는 친구가 생겼다는 사실에 행복했다.

지구의
여행자들

'한 소년이 사하라를 걷고 있다. 몇 발자국 앞선 아버지의 발자국 옆에 소년의 작은 발자국이 찍혔다.'

내가 아주 특별한 경험이라고 생각하는 이 일을 두고 소년은 말했다.

"나에게는 일상이었어요."

소년은 자라 벌써 서른을 넘겼다. 그는 자크의 아들 줄리앙이다. 아버지와 함께 책 『모래언덕의 꿈』을 펴낼 정도로 그 역시 사하라에 대한 사랑이 남달랐다.

자크가 아들 줄리앙과 함께 사하라를 여행했다는 얘기를 들었을 때 문득 내가 자크에게 어린왕자를 만난 적이 있느냐고 물었던 순간이 스쳐 지나갔다. '그의 옆에는 늘 어린왕자 줄리앙이 함께 있었구나', '그의 말투와 꼭 닮은 아들이 자크에게는 사하라의 어린왕자였겠구나' 하는 생각이 들었다.

자크는 해마다 열 명 남짓한 여행자들과 사하라 여행을 기획한다. 타메라 역시 사막의 언어였다. 타메라는 '끝없는 이야기를 담은 마법의 언어'를 뜻했다. 30년 동안 사하라를 여행해온 자크가 말했다.

"사하라에는 아직 누설되지 않은 이야기가 많아요."

타메라에는 1년에 한 번 리옹 근교에 있는 집을 통째로 빌려, 함께 여행했던 사람들과 1박 2일 동안 여행 이야기를 나누는 프로그램이 있다. 알제리, 예멘, 네팔 등 각지의 여행 관계자들이 참여해 자기 나라를 소개하는 시간이 주어졌고 여행자들은 그들과 이야기를 나누면서 다음 여행지를 결정했다. 알제리인, 예멘인, 네팔인 모두 불어에 능통했다. 기뇰 공연과 음악 공연 등 다채로운 행사가 준비되어 있었고 양고기 바비큐와 와인 등 먹을거리가 넘쳐났다.

아침부터 비가 쏟아졌는데도 타메라 행사에 무려 400여 명이나 모였다. 동양인은 나와 네팔에서 온 타멜(Thamel)과 니마(Nima)뿐이었다. 모인 사람들은 저마다 여행 보따리를 풀어놓았다. 다행히 오후 늦게 비가 그쳤고 사람들의 이야기가 무르익어갔다. 이 세상 모든 사람이 저마다의 별에서 지구로 여행 온 것이라 가정한다면 이들 모두가 어린왕자인 셈이다.

이미 사하라 여행을 한 사람에게 사하라를 물었을 때, 바람에 의해 형성되는 사구의 아름다움을 말하는 사람이 있는가 하면, 뜨거운 태양의 방향에 따라 달라지던 그림자에 대해 말하는 사람도 있었다. 일행들의 발자국이 영원 속으로 지워지는 것을 물끄러미 보았노라고 말씀하시는 할아버지도 만났고 "노마드(유랑자)가 되어 사하라 사막을 걸어본 경험은 단지 몸이 기억할 뿐이에요. 말로 설명할 수 있는 게 아니에요"라고 말씀하시던 할머니의 표정도 보았다. 처음에는 쏟아지는 비에 젖었고 다음에는 여행자들의 경험에 젖었다. 곳곳에 물들어 있는 사하라의 신비가 '사하라로 떠나라'고 부추기고 있었다. 사하라를 밟을 날이 머지않았다는 예감이 들었다.

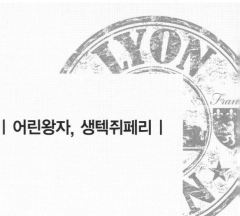

| 어린왕자, 생텍쥐페리 |

　작가이고 비행사였던 생텍쥐페리는 1900년 6월 29일 리옹 2지구에서 태어났다. 귀족 집안에서 태어난 그는 기차 사고로 아버지를 일찍 여의었지만, 5남 1녀 사이에서 행복한 어린 시절을 보냈다.

　1912년 그가 론알프 지방의 생모리스 드 레망(Saint-Maurice-de Rémens)에서 가족들과 휴가를 보낼 때, 앙베리의 엉 뷔제(Ambérieu-en-Bugey) 비행장에서 자주 놀았다고 한다. 비행기와 함께 시간을 보내는 것이 즐거웠다고 말한 생텍쥐페리는 열두 살에 첫 비행을 했다. 날개가 저녁 바람에 흔들리는 것을 온몸으로 느낀 소년에게 비행에 대한 무한한 열정이 생겨난 날이었다. 이 순간이 삶에서 가장 아름다운 순간이었다고 생텍쥐페리는 회상했다.

　그는 1921년 스트라스부르에서 군복무를 할 때 조종사가 되었으며 1926년엔 프랑스 툴루즈에서 세네갈까지 우편을 수송하는 회사에서 일했다. 1929년 『남방 우편기(Courrier Sud)』, 1931년 『야간비행(Vol de nuit)』 등 비행사의 경험으로 쓴 소설이 크게 성공을 거두었으며, 1939년에는 『인간의 대지(Terre des hommes)』를 발표했다. 그는 1935년 12월 31일 이집트 리비아 사막에 불시착하여 물도 없이 4일을 보내기도 했다. 『어린왕자』는 제2차 세계대전 당시 뉴욕에서 쓰였으며, 1943년 영어와 불어로 출간되어 지금까지 160여 개의 언어로 번역되었다.

생텍쥐페리는 1944년 7월 31일 정찰 비행 중 넓은 바다 위에서 갑자기 사라져버렸다. 그가 어린왕자를 만나기 위해 떠났다는 이야기가 떠돌기도 했다. 그의 죽음에 대한 비밀은 60년이 지난 후에야 밝혀졌다.

1998년 리우(Riou) 섬 근처에서 생텍쥐페리의 팔찌가 어부의 그물에 걸려 올라왔고, 이후 그가 타고 있던 P-38 라이트닝 비행기의 잔해들이 발견되었다. 이 잔해들은 부르제(Bourget)에 있는 항공 우주 박물관에 전시되어 있다.

벨쿠르 광장 인근에 위치한 생텍쥐페리 동상.
그는 1900년 리옹 2지구에서 태어난
리옹의 대표적인 작가다.

독일 공군 비행사였던 호르스트 리페르트(Horst Rippert, 1922년생)는 〈르 프로방스(Le Provence)〉 신문과의 2008년 인터뷰에서 1944년 7월 31일에 P–38 라이트닝 비행기를 격추시켰다고 말했다. 당시 리페르트는 안시 상공을 나는 적 비행기를 찾아내는 임무를 띠고 있었다. 작가 생텍쥐페리의 작품을 좋아했던 리페르트는 생텍쥐페리의 죽음을 안타깝게 회고했다.

"생텍쥐페리가 타고 있는 줄 알았다면 쏘지 않았을 것이다."

이후 생텍쥐페리 탄생 100주년을 기념하며 2000년 6월 29일부터 리옹 공항의 이름은 '생텍쥐페리 공항'으로 불리게 되었다.

Si j'étais la !
Si j'étais un chant sans
— Pour que tu puisses
hésites... que tu choisis ?

Claude Noca

Pascal.